唯美阅读

Weimei
Yuedu

唯美阅读

一路开花
陈晓辉

/主编/

把岁月
编织成一幅画

煤炭工业出版社
·北 京·

图书在版编目（CIP）数据

把岁月编织成一幅画／一路开花，陈晓辉主编．－－
北京：煤炭工业出版社，2018（2023.2 重印）
（唯美阅读）
ISBN 978－7－5020－7007－6

Ⅰ.①把… Ⅱ.①一… ②陈… Ⅲ.①故事—作品集—
世界 Ⅳ.①I14

中国版本图书馆 CIP 数据核字（2018）第 248259 号

把岁月编织成一幅画（唯美阅读）

主　　编	一路开花　陈晓辉	
责任编辑	马明仁	
编　　辑	郭浩亮	
封面设计	宋双成	

出版发行　煤炭工业出版社（北京市朝阳区芍药居 35 号　100029）
电　　话　010－84657898（总编室）　010－84657880（读者服务部）
网　　址　www.cciph.com.cn
印　　刷　北京飞达印刷有限责任公司
经　　销　全国新华书店

开　　本　710mm×1000mm$^1/_{16}$　印张　14　字数　220 千字
版　　次　2019 年 1 月第 1 版　2023 年 2 月第 2 次印刷
社内编号　9887　　　　　　　　定价　46.00 元

目录
Contents

第一辑
Chapter One

02

第二辑

Chapter Two

03

第三辑

Chapter Three

04

第四辑

Chapter Four

05
第五辑
Chapter Five

第一辑

Chapter One

唯美阅读

Weimei Yuedu

半次旅行

▶ 文 / 一路开花

青春的幻想既狂热又可爱。

——约肖特豪斯

最终决定逃离这个小镇，去看一下世外繁华时，已是隆冬过后。

那个在角落里搁置了近七年的红皮箱，早已落满尘埃。我将它小心地擦拭，每一个细节。那些被磨损，或是被划伤的痕迹，仿佛都是我在青春里一直难以言明的心事。站在人潮涌动的月台上，我心理默默地念着，一定要与它一起走遍所有繁华城市的大街小巷。来弥补我那段曾是那么暗淡，索然无味的青春。

中途，在一个车站附近落脚。窗外明亮的灯光彻夜不熄，与那些断断续续的列车一起，点缀着一个城市的喧哗。

许久没看杂志，还有那些让人潸然泪下的动情故事。独自出去，买回满满一怀。在安静的寂寞中，忽然觉察到了乏味。几乎这些故事里，都有着意外事故的发生。例如撞车。

我的故事里没有这样曲折的痕迹。如风一般来去，了无踪影。

烈日下，我穿梭过那些车水马龙的街道，才一天的时间，就开始乏味这个充满迷幻与恐惧的城市。大大小小的街道，店铺都是如此相似。在那些如潮水一般涌来的人群与车海里，你无法找寻到自己的存在。甚至，我只能够本能地保护自己，在每一个十字路口左右环望。没人可以预测在这样的节奏里，我的生活，我的小小城市下一秒会发生什么。

我终于明白，那些久居在繁华之地的作者，为何写字时难以摆脱这些意外了。因为，这是他们生活的经历，实实在在的经历。

还未到达我所预定的第一个目的地，我就沿途返回了。这段还未完全开始，就已经夭折的旅行，我想，将它称之为"半次旅行"。

一段只属于我自己的半次旅行，或许，是对那些已是消逝的青春的最好安慰。只有这样简单的见闻，才能让我们明白，那些波澜不惊的生活原该是如此珍贵。

爱你，是此生最无悔的事

▶ 文 / 一路开花

河里孩儿岸上娘。

——谚语

她是他的母亲。

他并不爱她。为此，他给我写过好几封信。信的背面，他画了一张她的肖像，然后在上面打满了血红色的 × 。他说， × 有多少，他的恨就有多少。

也难怪，十六七岁的年纪。

他喜欢画画，从信纸背面的肖像来看，他的功底应该不错。素描的线条，人体五官的比例，阴暗部分的勾勒，都显得比较成熟。然而，她并不同意他走美术这条路。

他的父亲是个流浪画家。他只是听说，没见过。因为在他很小的时候，他父亲就远走高飞了。他一直觉得，是母亲心里有个人偏见，所以连带着把一切热爱美术的人都给恨了。

他说，她并不忠贞。她带着他，另外嫁过三个男人。一个是小学老师，一个是建筑老板，一个是个体工商户。这些男人什么样子，什么名字，什么住址，他都记得清清楚楚。因为这些真实的经历，长嘴泼妇们才捏造了无数恶毒的流言蜚语。他就是在这些流言蜚语中慢慢长大的。他说，这些就是她给他的耻辱和伤害。

嫁第一个男人的时候，她让他叫那个男人爸爸。他不叫，她就狠狠打他，不给饭吃，也不和他说话。

那时他还小，怕失去她，所以他最后妥协了。他叫那个男人爸爸。他以为，他的妥协就可以换来永久的安定和幸福。岂料，没过几年，这个男人就把她给抛弃了。他们被扫地出门，狼狈不堪。

后来，她跟了一个建筑老板。没名没分，只是，老板经常给她钱。他知道，他亲眼见过几次。不过，这个建筑老板对他也不错，他跟着这个老板，终于过了几年舒坦日子。她不让他叫这个老板为爸爸，当然，这个老板也从来没有这样要求过。

他们像一纸契约的关系，时间到了，薪酬付了，便各奔东西，再不相识。

老板给了她一笔钱，之后，就带着手下的一批人去了上海。听人说，那几年在上海炒房地产特别赚钱。他不知道，他那时还小。他只知道，她和他又要开始另谋他处了。

他觉得自己像是一只可怜的寄生虫。

他很羡慕同班的一个胖小子。家里虽然很穷，父母都在菜市场卖臭豆腐，但一家人其乐融融，很是美满。

下大雨了，胖子他爸会骑着丁零当啷的三轮摩托车在校门口等；考倒

数了，胖子他妈也只是微笑着说一句，儿子，下次好好努力哦……

他从心眼儿里羡慕这样的生活。他不求富贵，不求体面。但这样的小小愿望，她都满足不了。他真的恨她。

后来，他长大了，有了自己的爱情和婚姻。但生活的波折并没有因此而消停。婚后不到一年，他和妻子离婚了。经历过爱情和婚姻的伤痛，他忽然开始理解她当年的困苦处境。

一个没有一技之长的女人带着一个孩子，要如何才能让孩子活得有保障，要如何才能继续生存？她也想一次定终身，但始终被命运捉弄，她只能默默忍受。爱情和命运给了她无尽的伤害，但她却从来没有想过丢下他不管。

后来，他再给我写信的时候，已经回南方找到了她。她孤寡重病，无依无靠。我问他为什么选择回去。他说，好后悔，但时间已经不会给他机会，他现在真的很想好好爱她。

你曾拨动了谁的心弦

▶ 文 / 一路开花

> 一个人在年青的时候，没有什么能把他搞垮。
>
> ——奥尼尔

我曾写过一篇关于他的文章。

他不让我用真实姓名，却希望通过这篇文章找到你。

三年过去了，你始终没有出现。更或者，你压根儿就没有看到过这篇文章。

他从一个无助的求救者变成我的读者，再由我的读者变成无话不说的好朋友。他一直想要找到你，目的，只是想跟你轻轻地说声对不起。

他曾是你的同桌，你也曾收到过他给你写的信。

十六七岁的年纪，谁没懵懂地喜欢过一个人？

当年的你，为了使他懂得青春不可重来，对此事以及后来的诸多暗示始终三缄其口。

他并不知道你的用意。他觉得你这无理的高傲，本身就是赤裸裸的歧视。

再后来，他成天心不在焉，成绩一落千丈。为了使他尽早走出青春的沼泽，你主动要求调换座位，试图让他冷静面对。

只是，当时的他并不曾理智思考你的善意。

你的离去，彻底打破了他自尊的防线。他觉得，你是出于不屑和鄙视才会要求调换座位，远离他。

他开始想方设法要你难过。譬如，给你写匿名的恐吓信，在班里散播关于你的不良信息，甚至，恶意编造你家庭破裂的故事来伤害你。

他也许并无恶意，只是，年少的莽撞，很多时候，可能连他自己也说不清为何如此。

事有凑巧。谁知道，你父亲真的是死于车祸。你母亲为了使你有一个公平的学习环境，始终不肯申请补助，减免学费。她不想让任何人知道关于你父亲的事情。

才听到班里传播你爸死于非命的谣言，你就彻底疯了。那是他第一次见你大发雷霆，失去理智。

因为你在学校主动动手打人，所以学校决定给你记过处分。事情并没有因此平息。反而，将一切真相暴露无遗。

有很多无聊的人开始在网上查找当年那起重大事故的报道。他们翻到了许多惨绝人寰的图片和死者的信息。

他目睹了你的巨变。你从天真活泼变得自闭内向，从宽容善良变得尖锐异常。

再后来，你彻底消失了。转学，还是退学？无从得知。

你成了他心里最大的一块阴影。

　　他一直想要找到你。这个在成长中所犯下的错误，常常使他悔恨得泪流满面。

　　这是我第二次为他写真实的故事。我希望，我也相信，他一定能找到你。

　　年少时的他，粗鲁、莽撞、不懂分寸，也因懵懂的喜欢而对你造成过伤害。可他现在，已然明白，真正的喜欢，不是得到和索取，而是付出与成全。

　　请原谅他吧，一切的一切，不过是因为当时的你，曾在无意间轻轻拨动了他的心弦。

心中深处的它们

▶ 文 / 李兴海

> 所有知识、一切的问题和答案，全都包含在狗身上。
>
> ——卡夫卡

一

巴金曾写过一文，《小狗包弟》。这篇朴质的散文，未能像教科书里所写的一般，真挚感动众人。至少，我没看见身旁的哪位同学因此文伤怀或是悲恸。

暗地里，我熟读了很多遍，把那些纷乱繁杂的情绪来回拾理多次，好让它们不在课堂上汹涌而出。

我曾养过那样的狗，不过不是一只，是整整六只。

午后，即便我轻踮着脚尖穿过花园，它们还是会察觉得到，从先前不知的角落里流窜出来，四面八方，翻滚着，跳跃着。

偶然，我身着白裤接见外客归来，硬是怕它们会用黑乎乎的爪子沾染了它，于是绕很长的路，从花园的那头穿过草坪，再到门口。可不知为何，它们还是能发现我。哪怕只有那么一只见到了我的模样，也会因为吠声立刻召来其他五个不同身形的毛茸茸的皮球，朝我整洁的白裤上欢跃。举手，踢脚，无法打散。

索性，它们是会累的。因此，有过那么一段澎湃的时刻后，它们开始归于平静，伸吐着舌头，眼睛半眯伏倒在我身前。

它们经常会因争食咬架。尤其是个头最大的两只，一黄一白，天生就是仇人，谁也不服谁，动起嘴来，煞是吓人。

从屋里拖拉着咬到屋外。惨叫，灰尘，零落的毛发，像一场交战中的擂鼓必不可缺。我时常会因为它们的撕咬大发雷霆，举着棕黑修长的木棍从楼下咻咻地跳下来，一棍一个，将它们打翻在地。

顿时，它们由撕咬转成了哀号。远远地后退，满眼恐惧地遥望着我。

我承认，打下去的那一刻我便后悔了。因为，对一个真切投入几年情感来养动物的人说，这些会乱蹦欢跃迎面撒娇，会不管坎坷坦途都追随于你的小畜生已经不再是可用金钱来衡量的货物。更多的时候，它们像一群散落在阳光中的纯真孩子。

半夜，我背着家人起身，给受伤的那两只狗投放了肉块。遗憾的是，它们闻声醒来发现是我，竟闪电般腾窜而起，紧贴墙壁，久久不敢上前。看着它们惊恐的神态，我的泪水恍然夺眶碎开。

我放下肉块，远远地站开，像午后它们遥望我一般，畏缩地站在暗黑的角落里。半响之后，它们确定我不会再上前来才缓缓起身嗅食。

实质，我是不可能做到绝对公平的。虽然我经常严厉地责打这两只好调皮捣乱的狗，可最偏爱的，却是它们。

不管饥饿，困顿，只要我不曾停下来，它们就会紧随身后。哪怕周旁有喷香的牛肉，它们也绝不会偏离半步。它们像我的孩子，甘愿与我共苦痛。

我想，倘若它们也有着言语，那对我狂吠的"汪汪"之声，会不会就是一次次地叫着我"父亲""父亲"？

它们终是要离我而去的。这仿佛是所有生物来世一遭的最后使命。

黄狗走后没几天，白狗也跟着走掉了。深夜，每次路过那两户熟悉的黑铁栏杆，总会想，怕是黄狗在阴冷的那头太过于寂寥才把白狗叫去做伴的吧？我自慰道：也好，也好，这下不管怎么撕咬都不会有人责打你们了。

可往往话还未在心间说完，热泪就湿了一脸。

二

后来，我又买了两只狗。一黄一白。

坐在蓊郁的树影中苦读，时常会有一黄或一白的影子匆匆掠过我的视线，余光中，我仿佛看到了它们。惊恐地叫着它们的名字，可当它们停顿了身形，怔怔地看着我时，我才发现，它们不是它们。

它们俩那么乖巧，亲似兄弟，怎么会是粗暴野蛮的它们呢？

月末我去山上游玩，一时兴起忘了时辰。披衣欲回时才知，红日将垂。

我想，跟我同来的这一黄一白怕是饿坏了自己觅食去了吧？转头收拾行装才发现，它们俩正安稳雄视地看守在背包前。

不知为何，凉风徐徐的暮色里，我的双眼竟会一路噙满了泪水。

下山时，碰上一群调皮的孩子，我生怕这一黄一白会见乱扑咬他们，于是将它们带到了路边。谁知，他们竟觉得它们可爱，嬉笑挑逗，抛掷食物。

说实话，那时别说狗，连我都饿慌了。再加上一路奔波，早是心力交瘁。孩子们未曾出于恶意，我想，它们爱吃就吃吧。谁知，它们竟高扬着一黄一白的毛茸茸的脑袋，寸步不离地追随着我，对脚下鲜美的食物置若罔闻。

灯火通明的山脚下，疲惫的我再也抑制不住内心的狂潮，坐在冰凉的石阶上侧头痛哭起来。它们俩安静地将头贴于我的膝盖上，呼呼地喘气。

那样的星空下，我怀抱两条温热的狗，毫无惧怕地行走在马路上。城市中林立的高楼大厦，错综复杂的看不清尽头的马路，在我的记忆中逐渐模糊。

回到家中，此起彼伏的叫声从四面八方涌来。我似乎看到，昏黄的灯光下，两条一黄一白正在撕咬滚打的狗，因见到我的到来猛然松口，急急翻身越过草坪，与其他几条狗一起争先恐后地跳到我的身边来……

那个不想再当你叔叔的嫩男人

▶ 文 / 李兴海

> 追求爱情它高飞，逃避爱情它跟随。
>
> ——英国谚语

一

苏善生认识陈老头比认识陈百合要早好几年。那时苏善生还是个刚毕业的毛头小伙，成天到处递简历，忙面试。

在电梯里，因为超重的缘故，一个老头和一个小伙儿因为谁先出去的问题争执了起来。老头提个公文包，穿个中山装，看起来很普通。小伙子是个时髦控，黄发，耳环，随身听，一样不少。

小伙子说赶着面试，让老头出来让让等下一波，老头说有急事，再者是先进来，所以不乐意。最后，小伙子把老头拽出了电梯。由于力道太猛，老头差点趴下。

从头到尾，大家都看在眼里。黄毛小伙的确是最后一个进来的，但为了少惹麻烦，谁都没多说什么。结果，电梯门刚要关闭，这个小伙就被一个飞蹬踹出了电梯。

踹他的正是人高马大的苏善生。小伙儿看看苏善生的个头跟架势，话都没敢多说一句。苏善生把老头拉进电梯里，连问了好几次叔叔，伤着没有？

再后来，公务员考试，苏善生赶着热潮去弄了两把。没想到，竟然歪打正着，还进了最后的面试阶段。

面试那天，苏善生把最贵的那套西服拿到干洗店熨了熨。一派光鲜亮丽。只是，才进面试厅他就傻住了。

坐在主考官位置上的，正是那天苏善生扶进电梯的老头。

一切跟演电视剧差不多。苏善生没托关系，没出钱，就挤过万人独木桥，直接进了文化局办公室。

再后来，陈百合出现了。市里举办音乐文化节，陈百合担当整场演出的总导演。万事俱备只欠台词。陈百合打电话向陈老头求助。没办法，陈老头只好打电话把文笔不错的苏善生叫过去帮忙。

演出非常成功。尤其台词，写得绝对别具一格。搞得很多人都在后台追问台词作者是谁，非得见见。

就这样，陈百合跟苏善生碰面了。

二

陈老头说苏善生是现代社会里少有的仗义侠士，多才、正直、谦逊。因此，不拘身份，跟苏善生结成了忘年交。

陈老头第一次把苏善生请到家里吃饭，是在一个小雨绵绵的周末。

当陈百合在饭桌上叫出那一声爸，苏善生被酒呛得涕泪交流。陈百合竟然是陈老头的女儿？苏善生一直没看出来。

饭到中途，有人敲门，陈百合屁颠屁颠跑去开，说是一个正在狂追自己的大帅哥。

一进门，苏善生和陈老头就傻眼了。虽然事隔已经三月，但记忆还是仍旧清晰。陈百合这男朋友，不是别人，正是那天在电梯里被踹的黄毛小伙。

苏善生忍不住朝陈老头嘀咕，陈哥，看吧，这世界多小，竟是冤家碰头。

陈老头倒没那么好性子，直接起身下了逐客令。

陈百合知道事情原委之后，不分青红皂白，直接在饭桌上就把苏善生骂了个狗血喷头。苏善生没觉得有多大委屈，倒是陈老头气得浑身哆嗦。

梁子算是结下了。怎么把这梁子解决，苏善生还没想明白。说来说去，陈百合毕竟是陈老头的女儿，一家人，苏善生不能得罪。

听说陈百合喜欢现代音乐，苏善生特意厚着脸皮托正在美国留学的大学室友邮了一堆碟片过来。

陈百合心里明明高兴得不行，却偏要摆着一副得理不饶人的样子，喂，小子，这次呢，大姐就不跟你计较了。看在你那么有诚意的份儿上，我就原谅你好了。下不为例！

三

陈老头被公检部门立案审查的时候，陈百合刚好工作满一年，面临转正入编的问题。

事出突然，一切都在苏善生的意料之外。苏善生虽然知道每一个身居高位的官员多多少少都会有些灰色收入，但苏善生没想到，事情会来得那么毫无征兆。

苏善生最后一次见陈老头是在法院下判决书的头两天。陈老头言辞诚恳地跟苏善生说，小苏，我在官场混了那么多年，虽然嘴上不说，但我心里知道谁对我真，谁对我假。现在，我什么也没了，有生之年，能不能出去还是另外一码事。我只拜托你一件事情，帮我好好照顾我女儿。我既然叫你一声兄弟，那你以后就是百合的亲叔叔。不管什么事情，你都要多多照看……

陈老头被判了十年有期徒刑。他那个身体，那把岁数，也许正如他所说，能不能出来，还得另说。

后来很长一段时间里，苏善生只要一闭上眼睛，就看到陈老头泪光闪烁的面容，以及那番动人肺腑的话。

所谓知恩图报。陈老头在位期间，的确对苏善生百般提携。因此，苏善生一直感激在心。

可惜，人走茶凉。陈老头刚下台，陈百合就遭到了单位其他人员的排挤。原本商议过的转正人员名单，忽然就产生了变动。

陈百合不但没能转正，还被调进成天跑腿的市场部做调研。

陈百合自小家境优越，被人捧作掌上明珠，哪里受过这样的待遇？人情冷暖，家庭变故，像洪水一样排山而来，她显然招架不住，为此哭了很多次。

四

思索了一段时间之后，陈百合决定辞职去北京闯一闯。即使离开了父亲这把"保护伞"，她还是得努力活下去。

　　陈老头受贿被立案之后，一切关于他的财产都被冻结。苏善生把两个月的工资给了陈百合，帮陈百合订了去北京的机票。

　　陈百合天天跟苏善生打电话，说北京的文化公司和影视公司多如牛毛，到处招人，只要有三分姿色的都可以进去晃晃，说不定一部电影就火了。

　　苏善生跟陈百合说，丫头，别胡闹，好好工作，你爸把你交给我，我就得管着你。你可千万不能跟那些三流导演有什么瓜葛，不然我这个做叔叔的可饶不了你！

　　陈百合在电话那头傻笑，切，你懂什么，我想跟三流导演交个朋友都不可能呢，因为我周围全是国内国际一线导演。懂不？我在片场工作，天天跟着剧组跑，虽然忙，但真好，随时可以看见大明星，养眼啊。

　　年底公休，苏善生去北京看陈百合。她的确在片场工作，跟着剧组跑，只是，一切并不像她说的那么好。

　　剧组两百多人，吃的用的，全归陈百合管，有什么事情，人家也是第一个找她。她跟剧组的全职保姆一样，比当初在公司做市场调研的时候还要忙。

　　见到陈百合的时候，她刚发完剧组的快餐，一个人窝在帐篷里吃差不多冷掉的便当。还没吃下几口，又有人叫她。

　　看她瘦小的身影在剧组里穿来跑去，卑躬屈膝，再想想她从前被人前呼后拥的日子，苏善生的眼泪差点掉下来。

　　苏善生说，丫头，我当你的助理吧。她捋了捋乱掉的头发，笑笑说，叔，不用。

　　去跟剧组领导提助理的事情时，众人一片愕然，什么？小陈还要助理？你知不知道，以前我们剧组的人比现在还要多得多，但也没见从前的工作人员说要助理帮忙。

最后，苏善生提出半年不要工资。剧组才决定让他试一试。

表面是陈百合的助理，其实就是她的全职保姆。苏善生住她隔壁，不但每天要负责叫她起床吃饭，还要帮她洗衣服。最要命的是，梳子上的头发到处乱扔，还从来不看浴室的下水道，弄得老有一堆头发堵在那儿。

陈百合说，不管工作多累，苏善生好像从来都不会冒黑眼圈，永远是那么青春，那么嫩。苏善生说那多好，嫩男人才有潜力和味道。

五

陈百合报名参加相亲节目，事先并没有告诉苏善生。直到相亲节目录了一期，剧组里有人传闻，苏善生才知道。

苏善生郑重其事地跟陈百合说，丫头，你爸说了，你的婚姻大事由我来把关。

陈百合歪着脑袋看苏善生，好，你把关，等我牵手成功就带来给你看。你说行，我们就继续，你说不行，我们就把节目组提供的约会基金用来大吃一餐，你看如何？

苏善生没跟陈百合说，他悄悄报了那一期节目。苏善生脑子有点乱，他不知道自己想干什么。他只是害怕陈百合会找到一个因貌而爱的男人，害怕陈百合会不幸福，害怕那个男人没有足够的耐性和温和来宽容陈百合的小脾气……害怕这，害怕那，就像她是他的孩子一样。

刚到电视台苏善生就有点后悔了。但是没办法，苏善生只能硬着头皮上。

陈百合看到苏善生，嘴巴忽然张得有拳头那么大。主持人问陈百合，

是不是认识苏善生，陈百合说，苏善生是她的嫩叔，是她爸爸最好的哥们儿。台下顷刻一片哗然。

最后，只剩苏善生和另外一个河北男人为陈百合留灯。

男人为陈百合唱歌、为陈百合跳舞、为陈百合吟诗、为陈百合弯腰系鞋带。苏善生什么都不会，他只是会写两个不怎么动人的破小说，弄两句尚且过得去的破台词。

陈百合忽然不知该灭谁的灯。她显得为难，手足无措。

最后，苏善生选择了退出。但这一切，都无关成全。

苏善生不想看见陈百合为难，在苏善生心里，陈百合永远是那个没有心机，极易受伤的小女孩。如果陈百合爱苏善生，便不会来这个节目，如果陈百合爱苏善生，就不会在面临抉择时显得那么艰难。

那么多的岁月都不曾让陈百合对苏善生心动，苏善生就更不应该在陈百合面临得到爱情的时候，以友情和亲情相逼。

苏善生仍旧可以陪着陈百合，照顾陈百合，即使最后这个男人从陈百合身边离去，苏善生还是可以一如昨日地站在原地。

苏善生只是要让陈百合知道，不论何时，都会有一个不想当她叔叔的嫩男人，永远将她焐在心底。

没有苏樱樱的桃花街

▶ 文 / 李兴海

> 爱情不是花荫下的甜言，不是桃花源中的蜜语，不是轻绵的眼泪，更不是死硬的强迫，爱情是建立在共同语言的基础上的。
>
> ——莎士比亚

心锁上的密码，又被同一个人拨乱了

苏樱樱真没想到，时隔四年，竟会在烟台碰上叶淼森。

叶淼森是苏樱樱的高中语文老师。他和那些上了年纪的老先生们实在不一样。他幽默，风趣，时常会在课后做一些搞怪的动作。不过，朗诵诗词，倒是显得特别一本正经，颇有古代文人的雅致。

最重要的一点是，他长得特别具有韩国味。瘦脸、高个、乱发、双眼炯炯有神。因此，班上大多女生都对他有过暗恋史。苏樱樱便是其中

一个。

不过，那时的苏樱樱并不漂亮。她虽然有一米七的身高，但只要一配上150斤的体重，就立马会被逊成二吨半的加油罐。

和那些疯狂的女生不同。苏樱樱既没有在毕业之后要走叶淼森的电话，更没有无缘无故地朝他邮两封错字百出的情书。

这时的苏樱樱刚刚大学毕业。青岛的就业压力实在太大，她只好一路向东，来烟台这个海港试试。

合适的工作仍旧不好找，苏樱樱只好暂居在一家大型超市里当婴儿用品的导购员。

叶淼森在一大堆尿不湿的货架前走来走去。苏樱樱心乱如麻，她不知自己到底该不该打个招呼。

最后，是叶淼森主动开的口。嘿，苏樱樱，你怎么在这里？

苏樱樱彻底呆了。连续好几天，苏樱樱都没缓过神来。叶淼森怎么会记得我呢？他怎么可能记得我呢？我瘦了那么多，变了那么多，他还能认出我？

苏樱樱那串心锁上的密码，又被同一个人拨乱了。

第一次的轧马路，逛古巷

第二次见叶淼森，是在一个青天白日的大下午。稍有不同，他怀里多了个可人的宝宝。

苏樱樱从来没这么细心过。她不但根据宝宝的肤质帮忙挑好了爽身粉，还把口碑最好回扣最少的尿不湿一并推荐给了叶淼森。

叶淼森笑笑，腾出一只手来拍拍苏樱樱的脑袋，丫头，挺在行的啊，以后宝宝需要什么，我就来找你了。

苏樱樱乐坏了。因为叶淼森的这句话，苏樱樱当天就把发出的电子简历全都撤了回来。

苏樱樱忽然爱上了这份工作。

第三次见叶淼森，是在超市的正门口。苏樱樱刚从员工通道出来，尚且穿着大红白字的工作服，就被叶淼森拖进了对面的西餐厅。

苏樱樱的脑袋又开始发胀了。真要命，每次见到叶淼森都感觉像是得了贫血症。

丫头，你上次推荐给我的爽身粉果然奏效，宝宝好长时间都没长过痱子了。叶淼森一面眉飞色舞地说着，一面把切好的牛排推到苏樱樱面前。

苏樱樱的贫血症又犯了。她感觉脑袋里天旋地转，像是被雷狠狠劈了一下。

晚饭过后，叶淼森领着苏樱樱去逛烟台的桃花街。老巷深深，细雨蒙蒙，苏樱樱瞬间就被秒杀了。

那是苏樱樱生平最开心的一天。父亲在她很小的时候就跟别的女人跑了，她是一个在单亲家庭里长大的孩子。不过，她从来没有申请过特困，也没有在档案上说明。因此，叶淼森并不得知。

这是第一次有成年男人陪苏樱樱轧马路，逛古巷。

男人的脆弱，惹人心怜

再后来，烟台的桃花街成了他俩心照不宣的老地方。

苏樱樱知道叶淼森已经结婚，且有了孩子。但却从不过问。她多害怕听到他们如胶似漆的消息，她多怕叶淼森的瞳孔里会迸裂出一道燃满爱意

的火焰。

叶淼森是个善于察言观色的男人。他不仅主动坦诚了自己的恋爱史，还把目前的处境一五一十地告诉了苏樱樱。

苏樱樱又有些贫血了。叶淼森为什么要跟我说这些呢？他是想找一个倾诉的对象呢，还是想让我进一步了解他？

很多问题，苏樱樱都不明白，也回答不了。可她偏偏喜欢这种回答不了的朦胧美。隐隐约约，袅袅娜娜，像若有似无的炊烟，又像薄如轻纱的晨雾。

叶淼森的妻子在青岛，是个公司的经理。叶淼森承认，当初与她结合，有大部分的原因都是贪图她父亲的财产。

有钱不一定快乐。来烟台打理分公司，是叶淼森主动向岳父提出的请求。

那晚，坐在桃花街的面摊铺，叶淼森喝了很多酒。他把自己能说和不能说的，全都告诉了苏樱樱。

直到此刻，苏樱樱才明白，原来叶淼森也是个穷孩子。他当初之所以做出那样的抉择，也不过是为了让家人过得更好一些。

叶淼森一直忍着眼泪没流出来。晶莹的泪，就这么忧伤地绕在鸽子灰的瞳孔周围。

苏樱樱忽然有种想要抱抱他的冲动，忽然觉得他是那么脆弱，真实，惹人心怜。

对于爱情，哪个女人不自私

最后，叶淼森彻底醉了，在烟台凌晨的桃花街上。

苏樱樱第一次有了邪恶的想法。她把叶淼森拖进了桃花街的旅馆里，并在洁白的床单上滴下了一滩血红色的墨水。

她把叶淼森的衣服一层层褪去，一边凝视，一边落泪，像是在残忍剥开自己内心里的那些秘密。

叶淼森是被一声尖叫惊醒的。苏樱樱裹着被子站在床边，泪落如雨。

叶淼森彻底懵了。他很努力地回想昨夜的一切，可惜，脑子一片空白。

床单上的殷红血迹，像一根刺，把叶淼森的眼睛扎得生疼。

叶淼森一言不发地穿好衣裤。最后，站在门边朝苏樱樱说了一句我会负责，便扬长而去。

苏樱樱内心有些难过，但也有些莫名其妙的窃喜。她不知道自己难过什么，高兴什么。她只想和叶淼森长久地在一起。

她承认自己有点自私，但对于爱情，又有哪个女人不是如此？

爱也好，恨也罢，都随风而逝

苏樱樱实在不喜欢模棱两可的叶淼森。

一个半月之后，苏樱樱把那份花钱弄来的孕检报告单递给了叶淼森。

叶淼森坐在桃花街的长凳上，眉头纠结成一把刀子。

提出离婚，是叶淼森自己做的决定。只是苏樱樱建议他的理由是，双方不合。她的目的只是想和叶淼森在一起，不是为了让那个无辜的女人伤心。

女人刚来烟台，叶淼森就提出了离婚的意见。那是女人第一次如此面目狰狞地跟他吵闹。她不再是个受人敬畏的公司领导，也不再是一个胸怀天下的女强人。她穿着时髦的名牌风衣，坐在冰凉的地板上，哭得蓬头散发，稀里哗啦。

叶淼森的妻子到底是个极有教养的女人。哭过闹过之后，很快便冷静

了下来。

去民政局办理离婚手续那天，苏樱樱悄悄跟着去了。

柜台不大，左面办理的是结婚登记，右边便是办理离婚登记。

他们像当年结婚一样，站在红色的国徽下面，庄重而又神圣地填写着两张白色表格。

孩子躺在车斗里，哭得昏天暗地。女人俯下身来安慰，轻哄，还是止不住孩子的伤心。

不过一岁的孩子，他懂得什么呢？他知道什么是离婚，什么是结婚吗？他哭什么？

可苏樱樱知道，总有一天，孩子会真正地体会到这种悲伤。因为她父亲跟着别人跑掉的时候，她也不过两岁。

她曾经很傻气地问过母亲，为什么别的孩子都有爸爸接送，而我没有？为什么别人家里过节都是三个人，我们会是两个人……

母亲从来没有正面回答过这些问题。她只记得母亲的眼泪。眼泪，就是当时最好的回答。

苏樱樱忽然就哭了。她觉得自己多像车斗里的孩子，还没记得爸爸长什么样子，爸爸就跟别人跑了。

苏樱樱走出民政大厅，只给叶淼淼发了一条短信。她说，我走了，以后不会再回来，祝你幸福。你一定一定要好好地爱车斗里的孩子。

关于那些孰真孰假的事件，苏樱樱没有再做半点解释，虽然她知道，叶淼淼会因此而难过，会因此而耿耿于怀。

可这些，正是苏樱樱想要的。不能得到他的爱情，那起码，也要得到他的部分记忆。

她相信，叶淼淼一定会记得苏樱樱，还有那条再也不会有苏樱樱出现的桃花街。

当时年少青衫薄

▶ 文/朱国勇

> 爱原来就为的相聚，为的是不再分离，若有一种爱是永不能相见，永不能启口，永不能再想起，就好像永不能燃起的火种，孤独地，凝望着黑暗的天空。
>
> ——席慕容

红尘男女的初恋，少有完美的结局，然后也正是因了这种缺憾，初恋才更显得珍贵与难忘。于是，一个个的心底，便柔柔的，藏了一个人，不愿想起，又不忍忘却。然而，不经意的，她就冒了出来，仿如单位中有一个不愿见的尴尬人，偏偏的，就劈头盖脸地迎面碰上。

十多年前，我才十七岁。这些年来，我始终清楚地记得，那一次，她拿着校报的约稿，飘然而至："你文笔好，帮我们写一篇散文吧。"我嘿嘿地答应着，却答不出一句完整的话来，只在心中开出一朵一朵欢喜的花来，小小的得意加上小小的甜蜜。她走远后好久，我似乎还能闻到她那

若有若无的馨香，陶醉在一种美好的情境之中。我想，就从那一天，我的爱，开始了。

我开始努力地读书写作画画，尽一个少年能做的一切。只为了有一天，能自信地说一声爱，然后，温馨地携手。

那是一个初夏的夜晚，窗外，有着水一样空明的月色。班上的那台电视机里，忽然地，响起了郭峰的《甘心情愿》。喧闹的教室一下子安静下来，那么多嘻嘻哈哈的少年，一刹那间，静默无语，全都陶醉在郭峰舒缓深情的旋律之中。一曲终了，再播一遍。

那是一个深情而美好的夜晚，我盯着她的背影，看了很久很久，在郭峰的歌声中，感动得想要流泪。我想，要是能和她，执子之手，与子偕老，那该是多么的美好与温馨。

毕业后，家里突遭变故。等我从焦头烂额中缓过神来，已是两年以后，听同学说，她已经嫁人了。蓦然地，伤怀，心痛，仿佛一夜之间，年青的面庞清癯了许多。

依旧默默地努力，隐约地，似乎还是为她。多年后，我终于有了一份不大不小的产业。长舒了一口气后，我要去看她。

驱车，三十多分钟的车程，才发现，原来我与她隔得这么近。只是这些年来，我一直觉得好远，远得就像一个天涯，一个海角。

我伫立在她学校的门口，黯然地抽一根烟。她的丈夫出来了，有半大的学生告诉我："就是那个。"我走过去，递给她丈夫一根烟，然后细细地打量他。挺斯文，挺朴实无奇的一个男子。他问："你是？"我淡然一笑，不回答，转身离去。只是心中，有一个声音一直在喊："你知道吗？你的世界，我曾来过。十年了，我终于还是来了，如此伤怀地，穿风而过。"见你，或是不见，有什么区别呢？

只是，你幸福与否，我仍然在意。

我常想，当初，要是表白了，伴她一生，也许我也可以。

今夜月华如水，片云微度。当初的少年，已是半生漂泊。那时年少，事业、才智，毫无根基，因而，也就怯怯地，不敢言爱；等到事业小成，心智成熟，伊人已经罗敷有夫，除了喟叹，还能如何呢？

江河滚滚，时光匆匆，或者，风中那些年华如玉的少年，就这样，一代一代地，重复着相同的故事；再在年华老去，情怀沧桑之时，叹一句：当时年少青衫薄……

爱情的基石

▶ 文 / 朱国勇

> 常相知，才能不相疑；不相疑，才能常相知。
>
> ——曹禺

女友哭哭啼啼地跑来找我："这日子没法过了，他居然有四五个红颜知己，没事就约在一起喝咖啡。"

女友的丈夫，我知道，多是一些工作上的应酬。我安慰女友："你别想多了，你丈夫的事，我知道，他们之间没什么的。"

女友抹了一把眼泪："那也不行，精神出轨也不行。"

我打趣她："你丈夫还真有女人缘啊！"

女友咕哝着："这又不是什么好事。"

我拉着女友坐下来："跟姐说说，这么多的女人，你丈夫当初咋就一眼挑中你了呢？"

"我们自小青梅竹马，有感情基础。再说，我品貌端良，对他又那么体贴，更重要的是我们谈得来，投缘！他不选我选谁呀？"说着说着，女友已是破涕为笑，面露小小的得意。

"你的这些优点现在还在吗？"

"当然在！"女友回答得特别坚定。

"那你有啥好担心的。"

女友一愣，恍然大悟！

那天，女友是乐呵呵地走的。

没想到，没过几天，女友又来了，开口就向我抱怨："臭袜子扔得到处都是，睡觉还打呼噜，我回娘家两天，他居然让孩子吃了六顿方便面。"

我盯着女友，笑得有点没心没肺："他的这些缺点，婚前难道你不知道吗？"

女友答："知道。"

我接着问："那你为什么还要选择他？"

女人忽然有点羞答答的："因为他勤勉上进，还特会心疼人。"

"他的这些优点还在吗。"

"还在。"

"那你有啥好抱怨的呢？"我朝着女友撇撇嘴。女友居然也咧着嘴乐了。

想想吧，既然当初，你选择了他，他也选择了你。你们身上必然有一些闪光点吸引了彼此。这些闪光点，就是婚姻与爱情的基石！如果这些基石还在，只是在繁琐的婚姻生活中落了些灰尘，那么，请不要抱怨。更不要，因为这些灰尘而破坏了美好的心情。

多少初相识，却似故人来

▶ 文 / 朱国勇

> 爱是亘古长明的灯塔，它定睛望着风暴却兀不为动，爱就是充实了的生命，正如盛满了酒的酒杯。
>
> ——泰戈尔

一直记忆着，红尘里的那场初遇：

青绿的教室门前，她轻巧地走了进来。就如一株清净的莲，随风摇摆，抖落颗颗露水。丝丝暑气中，让人从心底生出一汪清凉来。她稚嫩的身体，就如一只鸽子在阳光下，生出不真实的透明感来。就在那一刹那，我的心软软地一动，她那张清丽的脸，让我生出一种似曾相识的感觉。仔细想，又想不真切，只是觉得，好像在哪见过。

一整个下午，我都陶醉在一种美好的情韵中。对着她的背影，无限遐思。冥冥中，我觉得有一种缘分，降临了。

《红楼梦》中，有经典的一出：贾宝玉初见林黛玉时，便说："这个妹妹我曾见过。"其实，又何曾见过啊，不过，是一种心动，是一颗初心开始了美好的震颤。明明初相识，却似故人来。我相信，红尘中，有无数美好的初遇，都让人生出了故人般的感觉来，很多甜美或伤情的故事便由此而生，先是涓涓细流，然后春水荡漾一片，最后十指相扣，润出江山无限。

我和她，终于，没能衍生出半段故事。苍白到多年以后，连一段可供消磨的记忆都没有。

在那些伤情的岁月中，我一笔一笔在日记上倾诉。每当一纸诉完，窗外，圆月幽明，顿时生出山河幽幽一人独醒的悲怆来。

很多年后，我仍然会在一个幽暗的夜里突然地醒来，心里酸酸地痛。在恍惚中，仍会看到她，伫立在门角嫣然一笑。

有个男生曾这样形容她的美丽：她笑的时候，能让每一位面对她的男生觉得，她只是在对自己笑。

或者真是这样吧，或者只有真正的美才能造就的一种错觉吧。

这么多年过去了，我仍然坚持，她跨进教室时那纯真的一笑，是对我。真的，那不是错觉！

人生最痛长相忆。或者，忆着，真的不如忘了。忘了，就是淡漠。对于已经错过的人生而言，淡漠才是最好的选择。记不得，是哪一部电影了。女主角历尽艰难，终于找到了自己少年时代暗恋的情人。可惜，那个很绅士的男人早已记不起她了。男人很绅士地说：小姐，你好。那一刹那，女主角怔住了，一张秀丽的脸上蓦然写满了荒凉。伤感的音乐适时响起，女主角转身离去。汽车绝尘而去，一根洁白的丝带，在碧海蓝天之间，无尽地翻飞……

真的，对所有逝去的爱情而言，淡漠才是最好最终的结局。

只是，那一场青春里的初遇，又怎么忍忘？

如果有一天，你遇到了一个人，怦怦地心跳，总觉得好像在哪见过。那么要祝福你，你的缘分开始了，虽然，缘分的终极是淡漠。

不负红尘不负卿

▶ 文 / 庐江布衣

> 成熟的爱情，敬意、忠心并不轻易表现出来，它的声音是低的，它是谦逊的、退让的、潜伏的，等待了又等待。
>
> ——狄更斯

她叫朱秋妹，他叫王臣根。她是我的姑奶奶，他是我的姑爷爷。

那一年，他们才十六岁。他们都是朴实的农家子弟，每个清晨，他从溪边担水，她在溪边洗衣服。隔着热热闹闹的一群洗衣的村姑，他看着她俊朗地笑，她低头含羞。

他和她本是要结为夫妻的，两家的老人也中意得不得了。可是，一个阴沉的黄昏，他被路过村子的军队掳走了，先是到了福建，后来又去了台湾。这一去就是五十多年，这期间，他从一名士兵做起，直到成了台湾军方一名很有声望的少将师长。只是，他一直独身，因为，浅浅的海峡那头，有着他这一生最深的牵挂。他学会了吹箫，月华如水的夜晚，他就会奏起优美怆然的旋律，奏的最多的就是徐小凤的《明月千里寄相思》。

她呢，静静地守在那个寂寞的村庄，终身未嫁。秋风谢了春红，红颜渐成白发。她先是跟着父母过活，后来跟着弟弟，再后来，连弟弟都已亡故，她只好靠侄子照看。每个黄昏，她都会坐在村口的那棵老槐树下，静静地望着远方，他就是从这里离开的，她相信，终有一天，他会从这条路上归来。

终于，盼到了两岸三通，但是作为军方的高级将领，他却无法回乡探亲。于是，再盼。明月圆了又缺，苍山几度青黄，他终于退休了。可是，却又被告知要有五年的保密期，他梦里无数次的归程，又成了泡影。

辗转，打听到她的消息，当得知她依然独守时，他在向晚的风中，哽咽着，哭得像个孩子。提笔，给她写了一封信，删了又写，写了又改，千言万语最后只凝成了七个字"不负红尘不负卿"。当这封信越过千山万水，递到她的手上时，她的脸上绽放出动人的光彩。她乐呵呵地举着信，小村庄里，一个接一个地展示给别人看。直到夜阑人静四下无人之时，她才抱着信躲在被窝里，号啕大哭。

又不断地被种种托辞耽搁，直到1999年，他才回到了故乡。当他和她，双手颤抖泪水飘零地搂在了一起时，他们已是71岁的高龄。

他们终于走到了一起。2000年元月6日，他们终于将自己的爱情演绎成了绝唱。高烧的花烛，大红的喜字，映着两位老人丝丝的白发。床头的木匣子里，细心地珍藏着他写给她的那一纸信笺：不负红尘不负卿。

人世间，情有万般，爱有千种，但归根结底，不过就是两个字：不负！这是最根本的，也是最极致的。至于是否浪漫，是否体贴，是否能人前风光，是否能赚钱，都是"爱情"这棵大树上的一些细枝末节。哪怕这所有的细枝末节都已失去，只要还有一颗"不负"的心，这棵爱的大树就依然坚实稳固，能经受住所有世上的风雨……

生命中的那场流星雨

▶ 文 / 庐江布衣

> 青年是生命之晨，是日之黎明，充满了纯净、幻想及和谐。
>
> ——席德布郎

岁月是一条汹涌无声的大河，而我们，都是随着泥沙滚滚而下的石头，在不断地磨砺翻滚中，消了棱角，淡了豪情。只有记忆，缤纷纯美，如花一般在心头舞了多年，夜夜丰盈着我们渐行渐远的岁月流年。

1998年10月，校园里的桂花开了，那点点的米黄，仿如好奇又含羞的少女，躲闪在浓荫中间。忽然的，一个消息传开了，今晚一点有一场百年不遇的流星雨。一整天，宁静的校园里到处都是三五成群谈着流星的同学。我说得少，只在心里默默地多了一份期待。

晚上十点，下自习了。晚风清凉，天空湛蓝，一弯月，瘦瘦的，挂在西天。

我们躺在寝室里，却没有丝毫的睡意。室友小胖忽然提了个问题："流星来时，你们会许个什么心愿呢？"大家一下来了兴致，乱哄哄地答着："我想当个歌星""我想成为一名企业家。"…… 有人反问："小胖，你的心愿是什么啊？"小胖嘿嘿地笑着，有点不好意思。"说啊，胖子。"小胖从床上坐起来，摊开双手："左手江山社稷，右手知己红颜……."小胖话还没说完，乱纷纷的枕头已全砸向了他。

窗外，星月如画，我想，如果要在流星面前许愿的话，我只想要"红袖添香"。江山美人或是一场风光无限的人生豪宴，但是真正熨帖心灵，一辈子相携相守的，我宁愿有一位添香的红袖。想着想着，我竟和衣睡着了。

"流星来了！"半夜时分，不知谁喊了一声。我惊醒了，随着人群匆匆地来到了顶楼。

抬头，只见一道道的流星，闪着晶莹亮白的光，静静地划过广漠的天际，仿佛一片清凉的烟花，在我们的头顶，次第绽放，繁华落尽，再生繁华。

楼顶，很快就挤满了同学。还不时响起声声惊叹，不久，这一颗颗年青的心灵都静静地无语，仰首，与湛蓝的天空坦诚相对，默默凝视这天与地的清凉与华美。流星时而一枝独秀，如绝美的唐姬，在那么短的时光里，将一生的激情绽放；时而二三同行，遥遥相对，似相携相守的一对妙人；又蓦然地，几十枚流星一起奔来，如花一般大朵大朵地绽放……

更深露凉，手抚栏杆，那么多的同学，竟然没有一个回去，心中都充盈着一份静谧而美好的情绪。挤在我身边的，是邻班的一个女孩，娟秀的面庞在莹莹的星光下，明媚动人。她那双小手，扶在栏杆上，生出一种水般空明的白嫩来。情不自禁地，我握住了她的手。她看着我，笑了笑，又

举头看着天空。

她的手，清凉柔软，一个多小时，我就这么握着，静静地，凝望星空。一点其他的想法都没有，我想，她的那只小手，就如这流星一样美好，深深地打动了我。这盈盈一握，纯美无瑕，不关风月。

夜里四点四十分，流星雨终于落下了帷幕。同学们一个个地散了，只是下楼时，大家都静默无语，或者还沉浸在满天流星的情韵之中吧。

今年五一节，在县城，熙熙攘攘的街头，忽然发现，一位女士隔着汹涌的人流，高高地举起右手，微笑着朝着我挥舞。是她，就是流星之夜，与我盈盈一握的她。我也笑了，高高地举起双手，迎着风挥舞。一分钟后，她转身，没入人流。

我想，在这短短的一分钟内，我与她，又一次看到了那满天缤纷的流星雨，又忆起了那一段年华如玉的青葱岁月。这才蓦然想起，那一夜，只顾着惊诧于流星的华美，竟然，什么心愿都没许下。

夕阳下的影子

▶ 文 / 告白

> 少年像一个快乐的王子，他不问天多高，也不知人间尚有烦恼，一心只想摘下天上的明星，铺一条光辉灿烂的大道。
>
> ——拜尔

我再一次挥舞着坚硬的拳头，把同学打得瘫倒在地。

当他得知此事，风风火火地从宿舍赶来时，训导主任早已亲临现场。这是我第三次在校内殴打其他同学。

第一次警告，第二次记过，第三次，我尚且不知命运如何。

训导主任当着全校学生的面，毅然承诺一定要把我这样的问题学生开除。他来不及批评我，便慌忙上前解释。训导主任置若罔闻，拂袖而去。我站在九月的风中，看似威武得像个将军，内心却纠结如麻。

如果没有他，第一次我所受到的处分便是勒令退学。我记得，他把我叫进办公室，苦口婆心地说了诸多为人之理。而后，亲自去学校行政处做

担保，说我不会再犯。

岂料，没过多久，我又把一个学生打得口鼻流血。这次，虽然有他力保，但我还是被记了一个大过。那天，坐在校园的花坛上，他和我说了很多很多。他的悲苦经历，忽然让我想起远在农村的母亲。

一个失去丈夫的女人，独自领着两个孩子，不但得担起家里的所有农活，还得让孩子进城接受上等的教育。

我不敢想象，如果我的母亲知道我将被开除，沦为社会的盲流，内心究竟会荒芜成怎样的景象。那是我第一次弯下少年倔强的身板来求他。

他拍拍我的肩膀，神色肃穆地说，别着急，别着急，只要你不放弃，老师也不会放弃你。

站在凉风席卷的教学楼上，我时常看见他在学校行政处的门口苦苦等待。手里，捏着那份由我亲笔写下的悔过书。

阳光慢慢地偏离枝头。他像一名忠诚的哨兵，始终不肯挪动半步。有几次，我真想鼓足勇气跑下教学楼，抢过他手中的悔过书，告诉他，不要再等。其实，我不过是一个成绩平平的问题学生，多我不多，少我不少。

我努力朝他所在的位置靠近，他没有发现我的到来。此刻，领导会议已经结束。当他满脸堆笑地把那份悔过书递给迎面下楼的训导主任时，我内心忽然涌起无限希望。不过是电光火石的一秒，我竟有了千百个努力拼搏的信念。我想，如果再给我一次机会，那我一定会好好读书，让他再也不用为我顶着烈日苦苦等待。

厚实的悔过书，像落叶一般被训导主任甩在风中。他匆匆转身准备拾回，却无意瞥见了正在落日下的我。他故作从容地朝我笑笑，用沧桑的眼睛抚慰我，似乎在说，别着急，别着急，只要你不放弃，老师也不会放弃你。

离校那天，那不顾一切地跑来送我。他怕我会因此而迷失人生的方向。

走上那条仅容一人通过的田埂时，我不由自主地走到了他的身后。他一直向我道歉，似乎，那个真正犯错的人不是屡教不改的我，不是那位被打的同学，而是无能为力的他。

夕阳沉沉地落在他的肩头，播散着昏黄的暖光；乡村的风，像汪洋里的暗潮，从不知名的方向澎湃而来。我抬头凝视他清瘦的背影，忽然有种难以言明的悸动。在那条狭窄的田埂上，我多想放下一切少年的桀骜，紧紧地抱住他，向他哭诉，向他认错，与他诀别……

时光就这么无声而去。这几年，我陆续找过他，却始终得不到他的任何消息。据说，我走后没多久，他就去了另外一所城市。

我一直想要好好地抱抱他，告诉他，当年那个莽撞的孩子真的懂事了。

少年时的友谊

▶ 文 / 告白

> 青年之字典，无"困难"之字，青年之口头，无"障碍"之语；惟知跃进，惟知雄飞，惟知其本身自由之精神，奇僻之思想，锐敏之直觉，活泼之生命，以创造环境，征服历史。
>
> ——李大钊

　　他刚来班上的时候，没人能听懂他说什么。我见他憋得难受，便挺身而出做了免费翻译。他来自四川，高个，清瘦，宁死不说蹩脚的普通话。

　　因家中隔壁曾有四川的租房客，所以，我能听懂他所要表达的意思。他对我的及时出现感激涕零，说务必要与我做一生一世的好朋友。

　　他主动要求老师调换座位，成了我的同桌。他整天死皮赖脸地跟着我，嚷嚷着要我介绍当地的名贵小吃。我倘若对他稍不理会，他必然又要朝天埋怨我是个不爱惜家乡的孩子，不懂得向外来人口推销自己的家乡文化。

无可奈何，我终于和他成了好朋友。原因是他告诉过我说，从我所在的云南小镇到四川，一定会经过一片浪花飞溅的江河，江河的码头上摆满了渡人的船只，而他每年都是坐船回去的。

当时，我在高原上已经待了整整十一年。十一年的春去秋来，我都是看着莽莽大山而过的。因此，在当时年少的憧憬里，便经常会无缘无故地冒出一片无垠的海面来。我多想去看看，那遥远的海平线和扑翅高歌的飞鸟。

我知道，他所说的不过是一条宽阔的河流，但对于多年前的我来说，那照样有着无比强大的吸引力。于是，我从骨子里认定了，他是特别的，是与其他的高原孩子们有所不同的。他见过奔流的河。

还没到他十二岁生日，他便没日没夜地在我耳旁唠叨，叮嘱我一定要来，说有我最爱吃的东西。我犹豫了片刻，点头答应了。

可事实上，他十二岁生日还没到来，学校便已经放了暑假。母亲领着我去了乡下，而我，亦在绿树蔽日的时光里忘却了这件事。

回去之后，他气势汹汹地找到了我，好生将我奚落了一番。我因理亏，始终保持沉默。后来，他骂累了，解气了，拉着我的手便上了他家。

他踩在高高的圆桌上，把红木橱柜打开，端出一只精致的瓷碗。一面小心翼翼地捧在头顶，一面故作神秘地问我："猜猜是什么？快猜猜看！"

我猜了许久都没猜中，失了兴致。他欣喜若狂地把瓷碗递到我的手里，还未说出将要说的话，便惊讶地张大了嘴巴。

原来，当天他等我直到深夜。后来他母亲催促着点了蜡烛，他才慌慌张张地用小刀把蛋糕上的所有奶油刮到这只碗里。他一直没有忘记，我爱吃奶油。

只是，我一走便是整整半月。灰白交错的霉菌爬满了鲜嫩的奶油，结

满了白色的绒毛。

这件事使我感动了很多年。后来，因高考的缘故，我俩彻底分开了。他经常给我写信，向我问安。可我，却在陌生的城市里和一群新交的朋友玩得忘乎所以。

渐渐地，他的信件少了。我们像一块紧贴在刀刃上的细肉，慢慢地被一种悄无声息的力量切开。

毕业前夕，在整理时发现了他的信件，踟蹰着是否留下时，忽然发现了信件背面的笔迹："其实，我也喜欢吃奶油。"

我在刹那间想起少年时候的自己，想起那只精致的瓷碗，想起那些他为我刻意留下的奶油。坐在零乱的书桌旁，我握紧了笔头，却不知该给他回点儿什么。

四年就这么过去了。当然，此刻的我已经知道，从云南到四川，再远也不过十几个小时的车程，根本不用经过什么奔流江河。可我还是怀念，当年那个别有用心的谎言。

那段闪烁着微茫的时光，我是再也回不去了。唯一留有遗憾的，便是少年时候的自己，没能好好握住那份至纯至真的友谊。

三十六封信

▶ 文／告白

> 母子之情是世界上最神圣的情感。
>
> ——佚名

他是山里唯一的邮递员。那条通往城市的小路，他一走便是整整二十年。二十年的风霜雨雪，坎坷苦难，都不曾让他更改回山的脚步。

他是第一个走出山里的孩子。山外的世界，让人望而却步，但又心生向往。每次回来，他都要和山里的孩子们说上一段动人的故事。他说，城市的楼房有云层那么高，那些人整天没事儿就在高楼顶上看云彩。城市的车流和松树上的蚂蚁一样，密密麻麻地躺了一地，在雨夜里一打开灯光，顿时整个城市就会从黑夜转为白昼。

其实，这些景状他都不曾见过。没人知道，他取信件的地址其实根本不在城市，仅仅只是附近的一个小镇。小镇上别说高楼和车水马龙，就连那些轰鸣的列车，都不曾在这里驻足，停下匆匆的脚步。

他读过两年书。于是，再虚幻的事物经他口里说出来，总是那么有血有肉，活灵活现。孩子们听得痴了，都不去弹玻璃球了，都不去爬山了，托着腮帮，直愣愣地看着他唾沫横飞地说话。

每次都是同一个声音打断了他的讲话："是送信的小王来了吗？快进屋来给我念念。"这句话一出，孩子们顿时就会像泄了气的皮球一样，瘫倒在地。他们似乎知道，这句话就和说评书的先生们的那句"预知后事如何，且听下回分解"一样，在宣布故事即将结束。

他一面扛起背包，一面亮着嗓门喊着："大娘，别急，我就来了，就来了，有你的信件呐！"

屋里，是一位双目失明的老太太。明晃晃的太阳照在她的身上，但她却丝毫感受不到光明。她摸索着要给他拿个凳子，却被他制止住了。他说："大娘，别的，给你念信还是得庄重一些好，咱得学学城里的先生。"这话一说完，大娘就笑了："不瞒你说，我儿子就在城里教书呢！"

她的孩子真在城里教书。不过，那是千里之外的大城市，不是他口中所说的小镇。他见过她的孩子，斯斯文文，戴个眼镜，说话轻言慢语，很是礼貌。只是，这些都是三年前的记忆了。细细算来，她的孩子已有整整三年不曾踏入山里。

她念子心切，无奈双目失明，不能爬上那漫漫的山路，不然，她一定会挺直了脊梁，顺着大路去看看她的孩子。她总是静静地坐在门前晒太阳，听着门外的声音。只要是他来了，她总是第一个能听出来。

幸好她的孩子不曾将她忘记，总是每月按时给她寄来一封家书，还有一张崭新的百元大钞。她小心翼翼地摸索着撕开信件，将里面的百元大钞取出来，塞到衣服内里的布袋里，才急切地将信件递给他。

他像个懂事的孩子一样，毕恭毕敬地接过信件，逐字逐句地念过去。

她的孩子真是忙啊，每次写的内容和问候都是一样。不过，这些已经足够。从她战栗的身体就能看出，她正在被深深地感动着。

三年就这么悄然而去了。三年后，老人撒手人寰。有人说，她临死前还安静地坐在那张木凳上，懒懒地晒着太阳，似乎是在等待着什么。村里终于决定找寻她的孩子，将这个不幸的消息传达给他，让他来看看老人的遗体，磕几个响头。

村里的人真把整个小镇都找遍了，硬是找不到她孩子的踪影。最后，千辛万苦所得到的，竟是几年前，她的孩子已在车祸中丧生的消息。村里顿时轩然大波。她的后事还如何处理？

他们终于想到了那些信件。无可非议，那一定是她孩子的配偶所写的，他们有必要按照有效地址将她火速寻来。

他接到消息后，一面含着热泪，一面风尘仆仆地从外地赶了回来。他一语不发地站在旧日念信的位置，愣愣地看着那把陈旧的凳子。

村里人问他来信的地址，他不说，问他在哪取的信件，他也照旧不说。没办法，为了节省时间，村里人只好把老人的柜子给撬开了。暗沉沉的柜子底，平平整整地躺着三十六封没有地址的信件，还有三十六张崭新的百元大钞。

村里人疑惑了，没有邮寄地址，没有收件人地址，他是怎么送过来的呢？最后，他们不得不打开信件，追寻最后的线索。

散落一地的信封里，人们终于取出了三十六张同种模样的白纸。

百年灯泡

▶ 文 / 杨宝妹

> 人事必将与天地相参，然后乃可以成功。
>
> ——佚名

1901 年，一只看似普通的灯泡在美国加利福尼亚州利弗莫尔市第 6 消防站正式投入使用。没人能够料到，这只其貌不扬的灯泡，竟能在 109 年后，继续散播着温热的光明。在此之前整整一个世纪中，它很少被关掉过，其中最长的一次间歇，也不过是一个礼拜。

这只"百年灯泡"不仅创下了惊人的吉尼斯世界纪录，还在互联网上拥有着成千上万名崇拜者。他们自发组织了一个有关于"百年灯泡"的粉丝俱乐部。这只灯泡的粉丝来自世界各地，甚至有不少居住在北极圈。

前不久，守候这只灯泡的管理员斯蒂夫·布恩说，一名来自北极圈的粉丝给他发来了信息。内容是一句简短的话："这只百年灯泡是整个世界的灯塔。"

终于有越来越多的人发出这样的疑问——究竟是谁发明了这只经久不灭

的奇特之灯？为何他不能像同是以发明灯泡成名的爱迪生那样誉满全球？

19世纪，发明家阿多尔菲·柴莱特设计了这只灯泡。他把有关这只灯泡的构造和相关材料交给了美国谢尔比电气公司，委托其生产制造。当时所采用的是炭制灯丝，亮度相当于4瓦，这个一生黯淡的发明家曾和托马斯·爱迪生及其他几位在当时颇有名望的发明家进行过灯泡发明比赛，目的是看谁能制造出世界上最好的电灯泡。

这场比赛吸引了众多观望者。他们一致认为，爱迪生的灯泡是世界上最好的。结果却令人大吃一惊。因为事实证明，随着电压不断升高，除了阿多尔菲·柴莱特的灯泡越来越亮之外，其他几位发明家包括爱迪生的灯泡都瞬间炸开了。

可即便如此，人们还是坚信，爱迪生的灯泡才是世界上最好的。他们相信这次比赛不过是一个小小的意外，阿多尔菲·柴莱特因运气超好赢得了比赛，而爱迪生胸襟广阔，故意输给了他。

人们很快忘却了关于这场比赛的结果，以及获胜者的姓名。

100年后，一只在消防站里彻夜不息的灯泡轰动了世界。它以持续不断的光亮，照耀了弗莫尔市整整100年。此刻，爱迪生的灯泡已经熄灭了半个多世纪，当日与之比赛的那些发明家的灯泡也早已被抛入了不知名的角落。唯独这只由阿多尔菲·柴莱特设计的灯泡依旧恒亮如初。

有不少人出高价欲收购这只灯泡，均遭到了消防站的拒绝。人们不得不承认，世界上最好的灯泡，根本不是出自爱迪生之手，而是这位没有生平传记、默默无闻的发明家——阿多尔菲·柴莱特。

一只光亮百年的灯泡，让我们追寻到了一个隐藏在历史深处的发明家。他以孜孜不倦、淡泊名利的态度，创造了一个世界的奇迹。现实的我们，有谁能够像他那样不畏世俗蜚语，默默地在暗处发亮，默默地坚持100年而毫无怨言？

换 胎

▶ 文 / 杨宝妹

> 人而无信，不知其可也。
>
> ——孔子

旅行团的汽车在夏末的公路上忽然发出了一声巨响。

旅客们纷纷从睡梦中惊醒，询问究竟。司机踩住刹车，摇晃着肥胖的身子下了车。他歪着脑袋瞅了片刻后，扯着嗓门喊："各位旅客，不好意思，咱们的车爆胎了，附近又没有修理厂，只能暂时委屈一下了！"

车子又缓缓启动了。不过，由于车身的不平衡和爆胎的缘故，车厢里弥漫着咔嚓咔嚓的颤抖声。一位年轻的小伙儿风趣地说："这司机的技术可真高，一下把汽车变成了火车。"

不到半晌，乘客又昏沉沉地睡去了大半。汽车停在了一家旅行社门前。司机打开车门，冲进旅行社旁边的黑屋里。旅行社的招牌上写着许多从这个地方直达全国各大城市的路线。有人说，到莆田了。

窗明几净的旅行社和油渍遍地的黑屋让人觉得别扭。谁也猜不透，为何他们愿意做邻居。司机在黑屋里待了片刻后，带出了一名头发稀松，身着红布衣衫的中年妇女。女人上来看了看，皱皱眉头，对司机摊开了五根手指头。

司机眯眼叼着烟，不耐烦地点了点头。顿时，原本慢腾腾的女人像屁股着了火似的，几步便跨进了旅行社，提起话筒按下了一串号码。

紧接着，车厢里的乘客开始了短暂的等待。有人见司机漫不经心的样子，大抵知道要在此刻待上许久，于是起身下车，买了不少零食。

男人骑着摩托车靠近黑屋时，女人的脸上布满了希望的笑容。没等男人停下，女人便转身进了黑屋。男人焦急地下了车，一面朝着黑屋深处小跑，一面将单薄衬衫的纽扣解开。

男人出来的时候，恍若成了另外一人。他身上原本那件熨帖的白衬衫不见了，取而代之的是一件粗糙的浸满油渍的蓝色工作服。他将手里的破凉席展开铺在地上，仰面躺进了车底。

男人很快从车底爬了出来。他对着黑屋里的女人大喊了几句之后，独自提着扳手干起活来。女人动作非常娴熟。不到一分钟，便将三角木、新轮胎、千斤顶以及一把笨重的电机提了出来。

男人握着扳手，在车底捣鼓了半天之后，车上的乘客逐渐失去了耐性，纷纷斥问司机，是否又要耽误行程。司机满脸堆笑地打了圆场后，马上转身催促男人。男人在车底唯诺地答应着。女人慌张地将三角木和千斤顶陆续递给了他。

车厢缓缓升高。男人从车底爬出来，将废旧的轮胎推进了黑屋。接着，从黑屋里推出了一个崭新的轮胎。女人提起笨重的电机，在乘客的一片吵嚷声中踉跄着走近车底。

踏下石阶的一瞬间，泛着油光的电机忽然从女人的手中掉落，闷响着溅起了泥泞的积水。女人顾不得擦去泥水，痛苦地坐了下去。鲜血像一块腥红的绸布，缠满了她的脚趾。车厢中有几声哀叹。

女人身旁围起了不少人。男人始终没有走出车底，他仅是探出手来，将笨重的电机拖了进去。轰隆隆的声音覆盖了嘈杂的人群。

女人安静地坐在人群中，沉默着，用双手捂住肥胖的脚趾。她的双手也沾满了鲜艳的血，像一面萎缩的旗帜。

男人从车底出来的时候，司机露出了满意的笑容。男人冲开人群，二话不说便将女人抱上了摩托车。司机跟在身后，递给他三十块钱。

女人平静的脸上终于有了怒色。她红着脸争辩，并摊开原先的五根手指。鲜血从厚实的手掌上滴落，飘在风中，像遥远的乞求。司机和导游收起了微笑，不甘示弱地与她争辩。

男人不说一句话，从后腰上解下钥匙，踩响了油门。女人拉住他的手，示意他停一停，却被他焦急地甩开了。

摩托车驶过汽车后窗的时候，车厢里的所有乘客都不约而同地回了头。他们的眼神陷入了滚滚车轮，陷入了女人脚上的腥红绸布，久久割离不开。

第二辑

Chapter Two

唯美阅读

Weimei Yuedu

土路年华

▶ 文／杨宝妹

> 如果错过了太阳时你流了泪，那么你也要错过群星了。
>
> ——泰戈尔

看惯了像小说情节一样刻意追求波折层叠的楼房，忽然怀念很多年前的旧居，还有那条孤僻的马路。

它像一位饱经风霜的老人，有着自己独特的性格和爱好。在山野乡村，以一种极其固执的方式，硬要延伸到你的视线里。未待你从这黄沙漫天的路途中找寻到正确的方向，它又急急地向远方伸展而去了。

十岁之时，走在这样的土路上，我的背包里时常有着未曾阅读完的连环画，定价不会超过八分钱。二十岁的时候，走在这样的土路上，我的心里时常有着未曾想起的故事，有着做不完的梦。当然，无人可及的角落里，我还深藏着一位姑娘。

三十岁的时候，我时常走不到这样的土路。甚至，想与它见上一面都异常艰难。靠着洁净的窗台，我只能遥望门前这条宽敞的，却又不知通往何处的马路。每逢此景，我的内心多半是处于一种莫名的忧伤之中，实难自拔。

四十岁的时候，我不再喜欢凭窗而望了。大多闲杂之事都得我来一一过问，即便不用过问，也已习惯心有牵挂。走在任何一座城市的马路上，我都会无比怀念很久之前的时光。路，对于年过半生的我来说，越发不像是一个艰苦的过程，倒像是一个多年不见的老朋友。

偶尔，碰上一个机会，颠簸半天，到达没有人流的土路上。这样的路旁，多有田埂，有长也长不完的春绿。不管在哪一个季节，好像都有生命的影子。

坐在沾有露水的青草上，微风会从八面吹来。我可以在这样的微风中，重新喃喃一首快要被我遗忘的老诗，或者，等待一场大雨。

瓢泼时分，在固执的土路上是没有任何声响的。声息的来源不在路上，而是路的两旁。那些绵延的植物，数不尽的绿意，仿佛都在等待这一场柔情的到来。走在这样的路上，我的心是安静的。不像城市的窗台，多大的雨都无法进入屋内，看似明亮的世界，唯一所能听闻的，只有那些触窗而出的悔憾之声。

前方的路，早已隐藏在一片茫然与模糊之中。有情之人，临窗听雨。而实质上，那真是雨声吗？庆幸，我曾生在那个土路年代。因此，我的生命里，就有那么一小段旅途，可欣然自称为土路年华。

城市的路，像城市人的心一样，虽四通八达，却没有绝对的方向。乡村的路，像乡村人的庄稼一样，虽满山遍野，却有着同一个归属的季节。

喜欢和爱

▶ 文／阮小青

> 爱是人生的本性，就像太阳要放射光芒；它是人类灵魂最惬意、最自然的受用；没有它，人就蒙昧而可悲。没有享受过之欢乐的人，无异于白活一辈子，空受煎熬。
>
> ——特拉赫恩

喜欢与爱，永远是两种难舍难分的情感。如果喜欢是仅属于年少青涩的暗恋，那么，爱便是成年明理后的矢志不渝。喜欢是风，是浪，是雾中的晨曦，是那缥缈山涧中的幽兰，飘散着若有若无的香气。

爱则不然。爱是荆棘，爱是霓虹、暴雨和闪电。它象征的不再是一种脆弱的、鲜为人知的欢喜，而是一种热烈如火、无怨无悔的彼此分担。

年少时，若真恋上了一人，那必然是忐忑而又渴盼的。复杂的心绪，常常让十六七岁的少年忘却了光阴轮转，独占高楼，狂奔雨中，为赋新词强说愁。他既想把这份缥缈的情感和盘托出，又惧怕对方的决绝与漠然。

这时的喜欢，大都牵扯着薄弱的尊严。

于是，很多年后，终于不禁在灯下自问，为何当时不曾勇敢？我们往往无法追寻到最终答案。在时过境迁的记忆面前，我们照旧不肯承认，初时之所以不曾勇敢，全然是因为懵懂的情感不够热切。

雨季过后，少年白净的唇旁渗出了细密的胡茬。它们像雨后的春笋，争先恐后地在成人的世界里疯长。少年已逝。少年长成了轮廓分明的男子。他除了深邃的双眼之外，更懂得了权衡利弊。

也许，少年曾莽撞无理，故作潇洒地阻拦过一名自己中意的姑娘，在众目睽睽下递出一封淡蓝的信件；也许，少年曾矜持怯懦，不断在欢喜与失落的等待中成长，最终一无所获，暗叹青春如水。

可不管怎样的少年都会过去，就像不管怎样的少年都逃不出蜕变成男人的结局。他们要剪去随风飞舞的长发，收起发白的牛仔裤，摘下闪亮的耳钉，去学着说言不由衷的话，握一双双陌生的手，而后面无表情地汇入波涛汹涌的人流。

他们终于懂得了喜欢与爱的差别。当他们陆续爱过别人，或被别人热切地爱过之后。

喜欢如果是一朵卑微的花，饱经秋风冬寒，只为与春天默默相聚的话，那么，爱就是那些深埋花根的泥土，它们所有存在的理由，所有活着的意义，都只为成全花朵与春天的相遇。

同理，喜欢花朵的人，会信手将它采来，插于发髻，完善自己渴求的美丽。而真爱花朵的人，却只愿默默地佝偻着背，为那些终要凋零的鲜花施肥浇水。

那片从来不会流泪的记忆

▶ 文 / 阮小青

> 当你真爱一个人的时候，你是会忘记自己的苦乐得失，而只是关心对方的苦乐得失的。
>
> ——罗兰

一

白小刀躺在租来的小房子里，暗自神伤，来北京求职，实在是个失败的决定。这一个月，白小刀几乎没有闲过一日。天天出去投简历，做面试，打电话，赔笑脸。可一个月过去了，连份像样的工作都没找到。更为艰难的是，从家里带来的五千块钱，即将弹尽粮绝。

想想，光房租就是个大问题。没办法，白小刀只能到处张贴手写版的合租广告。

第二天下午，白小刀刚打算重贴一遍小广告，王晶晶就把白小刀的大门给敲开了。

"叔叔，请问是你找人合租吧？"王晶晶这句礼貌问候，差点没让25岁的白小刀吐血。

"姐，你是从火星来的吧？我这个样子像叔叔辈的么？再说了，我广告上写得很清楚了，只招男的，并且是纯爷们，懂不？"白小刀说完这段话，便准备关门去赶一场新的面试。

"大哥，行行好吧，房子难租，我人生地不熟的，刚来北漂，你让我找谁？再说了，我又不是不给你房钱。还有，我会洗碗做饭打扫卫生……"

白小刀之所以不接受女租客，是因为有她跨省女友的密令。虽然远在济南，但白小刀还是不敢造次。

不过，提着大包小包且气喘吁吁的王晶晶的确让他心软了。最重要的，他屋子里还有一堆臭袜子脏衣服没洗。算来算去，白小刀还是觉得不亏。请个用人还得按钟点算钱呢，现成有个免费的，干吗不用？

为了欢迎王晶晶的到来，白小刀还破天荒把屋子都细细收拾了一遍。

"大哥，你先去忙吧，看你穿成这样，应该是有重要事情的。"

"不用了，去了也是白去，这么大的的公司，怎么可能要我这种人呢？省点地铁费也好。"白小刀说完话，干脆直接脱下西服，呼哧呼哧地帮王晶晶搬东西。

结果，第二天经过这家公司门口，白小刀彻底石化。昨天的面试人员，总共只有三个，原本是三选二，但由于白小刀弃权没有到场，所以另外两人均毫无悬念地被录用了。

二

白小刀满眼泪光："晶晶小姐，你是上天派来惩罚我的么？"

王晶晶说："想开点，别这样。塞翁失马焉知非福？我来之前倒是弄

了一份工作，待遇不算好，但起码可以勉强先混着。你也过来吧，今早打电话问了，公司还缺一个打字员。"

"打字员？我堂堂白氏后人，给你们这些小喽啰去当打字员？不过话说回来，中午包不包便当？"

"便当没有，不过我通常吃得很少，你可以跟我吃一份。放心，不会找你要钱。"

"晶晶，我就知道，你是我的贵人。你刚才说的最后一句话，真是太让人感动了！行，就这样，明天我们公司见！"白小刀说完这段话，立马又扑在电脑上厮杀去了。

第二天，白小刀刚起床推开门就被惊呆了。换了工作服摘了眼镜施了点淡妆的王晶晶，与之前完全判若两人。

白小刀一边刷牙，一边含糊不清阴阳怪气地问："美女，你找谁？是找我这个大帅哥么？"话毕，白小刀还朝满脸疑惑的王晶晶抛了个闷骚媚眼。

王晶晶差点没把昨晚的饭都给吐出来："白小刀，人呢，有两大特点。第一特点，是忍；第二特点，是残忍。你最好不要逼我走第二条路。"

白小刀虽然在决定北漂之前量身定做了一套西服，但始终没有机会穿上。因此，扎了半天领带，看起来还是棵歪脖子树。

王晶晶看不过去，踩着高跟鞋咯噔咯噔地走了过来。

白小刀的脑袋有点昏了。王晶晶专注而又温柔的眼神，使他觉得有点喘不过气。

三

"救命啊！有小偷！"王晶晶在拥挤的人群里鬼叫道。

就在所有人停住的一秒间，王晶晶以迅雷不及掩耳之势蹿上了公交车。刚刚被王晶晶喊得心都揪成一团的白小刀这才知道其中的阴谋诡计。

跟王晶晶坐公车，是一件永远都不会觉得枯燥的事。因为王晶晶的脑袋里装满了各种各样的鬼点子。而这些鬼点子，总能帮白小刀找到一块安身之地。

虽然白小刀有远在济南的女朋友，但他不得不承认，他的确喜欢这一刻的王晶晶。活泼，真实，而又充满乐趣。

中午那份便当，王晶晶总会把大部分都留给白小刀。起初，两个人还泾渭分明，两个餐盒，扒来扒去。后来熟络了，王晶晶就不客气了，直接端起餐盒胡乱吃上几口便递给了白小刀。

白小刀从来不嫌弃，只是每次都会说："看你瘦的，多吃点，你就吃这么点？再不长肉，我可就跟着你一起瘦！"

白小刀说这段话，虽然有开玩笑的成分，但还是能让身在异乡的王晶晶感动不已。

王晶晶每次都只会说不饿。可公司偶尔出去聚餐或者大排档，又偏偏属她最能吃。

白小刀知道她的用意。但很多时候，友情和爱情的关心，本身就让人难以分辨，更何况，这二者之间，永远都隔着一条难以跨越的沟渠。

四

白小刀的女朋友主动提出分手，是在2008年北京奥运会的前一天。当地一个官二代追求白小刀女友，她父母几乎想都没想就欣然同意了。

白小刀想找一个忧伤的角落好好哭一次，但无奈，整座城市到处都堆

满了喜庆的因子。

白小刀在宣武门的大街上一遍又一遍地走。相恋三年，最终，还不是要以一段五分钟的电话收场。

白小刀的女友曾说会来北京跟他一起闯。就因为这句话，不管多苦多累，白小刀都毫无怨言。他总觉得这一天不会太远。

凌晨的风依旧让人觉得炎热。即将举办奥运的北京城，到处灯火通明。白小刀忽然不知该上哪儿去。

失魂落魄的王晶晶从出租车上跳下来的那一刻，立马就哭了："你去哪儿了？你去哪儿了？电话扔在家里，怎么找也找不到你……"

那是白小刀第一次看到王晶晶的眼泪。他一直都不明白，为什么天性乐观的王晶晶会瞬间变成这个样子。

为了帮白小刀驱除伤痛，王晶晶决定第二天去什刹海。

奥运大庆，举国欢腾。别说去什刹海，就连出门都寸步难行。没办法，王晶晶只好在网上搜索一大堆关于海洋的图片。

2008 年 8 月 8 日清晨 10：35 分，王晶晶和白小刀两个人傻了吧唧地坐在电脑面前看海。最令白小刀无语的是，看到中途，王晶晶竟然把他电脑桌上的音箱扯了过来，说要放点什么海浪的声音才有情调。

白小刀记得那天王晶晶说过这样一句话："海的胸怀永远要比人的胸怀大。因为海不仅可以容纳无数游鱼的欢喜，更能洗清每一个水中生灵的眼泪与忧伤。"

五

白小刀永远都想不到，其实王晶晶和他一样，也在另外一个城市有着一个遥远而又熟悉的前男友。

白小刀永远记得王晶晶男友出现在房子里的那一秒。整个空间里的灰尘似乎都凝固了。

白小刀想要上去问一问王晶晶有没有喜欢过自己，可想来想去，还是不知该如何开口，该以什么身份开口。

王晶晶的男友没有和白小刀打招呼。他们没有说过一句话，只是默默地收拾行李，下楼，上车。

王晶晶一直哭一直哭。那悠长而又伤怀的啜泣，似乎把晴天都要渲染得下起雨来。

白小刀把自己置身在电脑的厮杀世界里，整整48小时，不眠不休。他觉得心里还有气力，还有愤怒，还有说不清道不明的情愫。他想要一并把这些东西都挥霍掉，然后去水里，洗清留下的眼泪。

半月后，白小刀领到薪水，决定买票回家。坐在王晶晶曾经住过的房间里，往事忽然像电影快进一样猛烈袭来。

白小刀在抽屉里找到一封信。他终于知道王晶晶离开的原因。2008年8月8日，看过大海之后的当夜，白小刀在楼下的夜宵摊上大醉了一场。王晶晶没睡，守在床边一直数着，他总共念了98遍前女友的名字。

王晶晶说，它们像98柄刺刀。

2009年冬天，王晶晶大婚。白小刀从以前公司同事那里得知消息后，在博客里写了一篇很长很长的祝福。

最后一句，是王晶晶说过的话——"海的胸怀永远要比人的胸怀大。因为海不仅可以容纳无数游鱼的欢喜，更能洗清每一个水中生灵的眼泪与忧伤。"

星期天小姐

▶ 文／阮小青

> 几乎没有任何活动、任何事业如同爱情一般；开始时充满着无限的希望与期待；而结束时却毫不例外地落空。
>
> ——埃里克·弗洛姆

一

她每个星期天都会来趟邮局。穿淡蓝色的裙子，抹淡蓝色的唇膏，用淡蓝色的彩笔，投淡蓝色的信封。

没人知道她的名字，只好叫她星期天小姐。每次信封上所留的地址都一样，中国，青岛。收件人的位置，是个男人的姓名，苏柏念。

他再一次微笑着告诉她，小姐，不好意思，这样的信件，我们真的无法投递。青岛那么大，如果没有详细的地址，苏柏念是不可能收到这封信的。

她站在邮局的橱窗前抿了抿嘴，而后，和从前一样，把这封卷着蓝色风暴的信件贴上邮票，固执地扔进了邮筒里。

信件只可寄出，不可退回。她从来不在信封上留下回件的地址。

他记得她的名字。不过，那是很久以前的事情了。

那时候，她尚且还没这般沉郁。穿粉红的裙子，踩绿色的高跟鞋，阳光得像朵玫瑰。

她每天下午五点都会准时从邮局的窗前走过。他办公的位置恰好就在窗前。

每天下午四点五十，他都会从办公室里抱出一叠文件对着窗户假装忙碌，挂起暂停营业的绿色牌子。

她特别准时，一到五点，就忽地从人群中飘逸出来，缓缓经过他的窗前。

这多像是一个心照不宣的约定。

二

有一天，她爽约了。

他站在窗前，抱着一大堆文件，一直站到黄昏时分。这是他第一次安静地欣赏城市的日落之美。

就在他走出邮局大门的那一刻，她出现了。仍然是粉红的裙子和绿色的高跟鞋。仍然那么引人注目，光彩明艳。只是，她的身旁多了一位陌生的中年男子。

男人很帅气。从沉稳的步履和自信的眼神来看，男人肯定是个稍有地位的人。

她倚在男人的臂弯下，甜蜜得像只归家的鸽子。

他逃得特别惹眼。黄昏时分，一天的工作已经停歇，所有人都在闲庭信步，只有他，仓皇得如同一匹脱缰野马。

他仍然等她。在雨里、在风里、在雪里、在暮色的金黄里、在人群的洪流里。

他试图只去看她，忽视男人的存在。可很多次，都失败。他无法不注意男人的存在。

他爱她。就像当年董永迷恋七仙女一样，尚不知姓名，就一头栽进了爱情的深渊里。

再看到男人，他有些惊讶。男人丧失了往日的英气和洒脱，身后跟着一个中年妇女。

再后来，她披头散发地从另外一个方向跑了过去。脸上挂着泪珠。

他大概猜到了故事的开始和结局。

三

男人再没出现过。她也再没穿过粉红的裙子和绿色的高跟鞋。

她消失了很多天。他不记得具体的天数。不过，的确是有那么久了。

她再一次出现的时候，是在他的柜台前。

她站在人群后面，面无表情地盯着邮局外面的马路。排队的人有点多。那天，他办理业务的速度特别慢。

有人催他快点，他笑笑；有人敲玻璃，他也笑笑；有人骂他，他还是笑笑。

只有慢点，她才能在他的视线里待得久些。太长时间没见她，他真的很想念。

她把十张青绿的汇款单递给他。他伸手过去的时候，忍不住有点发抖。

取钱么？他问。

她摇摇头，顺手把兜里的身份证递给他。麻烦你，帮我查查这个汇款人的地址。

身份证上的姓名和汇款单上的收款人确认一致。但奇怪的是，这些汇款单上既没有汇款人的姓名，也没有退汇的地址，只有一串简单的电话号码。

他把汇款编号输进了电脑，但还是查不到汇款人的半点信息。

他说，你想找这个人很简单啊，打上面的电话就可以。

她掏出手机试了下，听筒里是空号的回答。

她捏着单据，极其失落地走出了邮局。

那实在是一笔不小的数目，每张五万，总计五十万。超过兑取日期，那叠汇款单就算作废。他不知道她为何不取。

不过，他记住了她的名字，她叫林芳娆。

四

她又消失了很长时间。

再一次出现，是个阳光明媚的星期天。她像一团蓝色的浮云，冉冉盛开在他的柜台前。

她把一封蓝色的信件递给他，上面只写着中国青岛和苏柏念这个名字。

他说，小姐，地址得再详细点。

她摇摇头，我不知道他的地址，我只知道他在青岛。

哦，可是这样的信，无法投递到他手里，他接着提醒。

那能送到青岛么？只要送到青岛就可以，我不在信封上留地址，就是怕邮局给我退回来，只要信能到青岛，只要他去邮局，说不定，就能看到。

他疑惑不解地看着她。她双手捧着那封薄薄的信，虔诚至极地从邮筒的缝隙里慢慢塞了进去。

她真是个傻瓜。他相信，苏柏念一定是那个中年男人的名字。

五

她不知道，他爱她。她更不知道，她邮给苏柏念的信件，全部从青岛退回了始发邮局。

他把退回的信件一封一封地整理出来。

他没有把退回的信件交给她。他知道，那是她生活的希望，也是她每个星期天来邮局见他的缘由。

为了能更清楚地了解她，他冒着坐牢的危险，私自拆阅了她的所有信件。

他终于了解一切关于她的故事。

她把一切都交给了那位中年男人。男人已婚，家居青岛。恋情失败后，男人给她汇了五十万分手费，算是告别一切过往，希望她重新开始。

为了留住那十张汇款单，生活并不富裕的她拒绝兑领这五十万，因为这是男人留给她唯一的东西。

她仍旧爱他。为了得到这份虚无缥缈的恋情，她宁可遭人唾骂，与道德的巨轮背道而驰。

她想过自杀，可是，她心有不甘。她觉得此生至少应该见上男人一面，真挚地告诉他，她和其他女人多么不同，她不是因为金钱而靠近他。

男人说过，他偏爱蓝色。那既是宽广的魂魄，亦是青岛的标尺。因为这句话，她把一切衣服和唇彩都换成了蓝色。如此，男人偶然回来，在汹涌的人流中，也能一眼看到她。

捧着那堆蓝色的信件，他终于哭得没了声息。

六

他决定解救她。

当她再次拿着信件去邮局投递的时候，他忽地从座位上站了起来。

我爱你，他只会说这一句话。

她莫名地看着他，不知所措。

我爱你。两年前，你每天下午五点都会从这里经过，穿粉红的裙子和绿色的高跟鞋。那时你是多么快乐，你像一朵带着焰火的玫瑰，点燃了我的生活。你知道吗？我每天下午四点五十都会站在这里等你经过。可惜，林芳娆，你从来没有注意过我。

两年了，我爱你整整两年了。七百三十天。你知道思念为何物吗？

她不说话，低着头，看着那封蓝色的信件，默默流泪。

他所说的每一句话都是通过话筒传出来的，站在邮局里的所有人都惊呆了。

她站了很久。他炽热的眼神里带着晶莹的泪花，是那么真切，那么令人动容。

她收回了那封蓝色的信件，答应了他的求爱。

七

她每天都会去邮局等他。黑色的马尾束在脑后，穿着粉红的裙子和绿色的高跟鞋，伫立在风中，有股傲人的美。

那是他一生中最美的时光。

他觉得生命里所有的事物都在悄然变化，每一个步履都像要踩出一朵花儿。

第一次走进他的卧室，她笑了，弯下身去，把一片凌乱狼藉收拾得妥妥帖帖。

此刻，他正走在回家的路上。她说，要给他一个惊喜。

在一个精致的木盒里，她看到了一堆熟悉而又陌生的信件。这些被人私自拆开的信件，像一团蓝色的烈火，像一波无情的浪潮，于刹那间将她吞噬殆尽。

他在温暖的屋子里找了很久，始终没有看到她。他安静地坐下来，一面拨弄盒子，一面给她打电话。这些天来，他一直想要把事情的真相告诉她。

盒子里是一堆黑色的灰烬。电话是关机的回音。

他到底把她给弄丢了。

八

他换了工作。

城市有七个邮局，他每天都会去一个。穿蓝色的外套和蓝色的裤子。用粉红的信封邮寄，用绿色的彩笔写字。

信封上没有地址。只有一个简单的名字，林芳娆。

他坚信，总有一天，她一定会看到其中的一封。

文火慢煨母爱浓

▶ 文 / 李耿源

> 母亲，我祝福您，因为您知道怎样把您的儿子培养成一个真正的人。他将在人生的战斗中获得胜利。
>
> ——阿斯杜里亚斯

我有胃溃疡，有段时间单位应酬多，酒喝多了，结果弄出个胃出血，住院治疗了好几天。刚住院时，只能进流食，老婆煮的粥能照出人影儿。我生气了，怪她没把粥熬稠一点。

这事被岳母听到了，对老婆说，以后粥由她来煮。岳母每餐送来的粥都稠稠的，有浓浓的米香。原来，要把粥煮稠就得多放些米，用砂锅文火慢煨。像老婆那样只放半两米，高压锅噗两下就好，怎么也煮不出那样的效果。那几天，岳父岳母就得一日三餐都跟着我喝粥了。

出院后，在家调养。一天中午，老婆下班提回一个陶罐。这个陶罐我认识，在岳母家见过。有一天晚上我加班很晚才回，老婆在岳母家，我去接她时，岳母就端出这个陶罐，让我喝下。里面煲的是洋参瘦肉汤。

老婆把陶罐放在餐桌上，叫我快去吃。我打开盖子，还热气腾腾的，浓汤里有肚片和花生，浓香扑鼻。我一吃，肚片嫩滑松烂，花生鲜香酥软，一罐子吃下去，满肚子舒服。

老婆说，这是妈得来的秘方，胃病三分治七分养，这个秘方"一个疗程"下来，包你病胃成铁胃。我说，那你快给我弄一个疗程吧，省得我动不动就胃疼，你也跟着受累。

老婆说，做这个花生猪肚煲可麻烦了，要花时间还得有耐心，我就是有时间，也没有这份耐心。不过你放心，我妈已经把这事包了，"一个疗程"要连续吃十八天，她天天给你做。

于是，每天中午，一罐味美香浓的花生猪肚煲就会准时地放在餐桌上。老婆从岳母那听来的做法是，新鲜猪肚一只，分成六小份，每天取一份，其余的放冰箱。这六分之一的猪肚用清水洗至无异味，放入沸水中煮十分钟，取出刮净，再放在无油热锅中两面翻煎，取出再刮洗干净。然后，将猪肚切片与洗净的十余粒红皮花生放入陶罐内，加清水，强火煮沸，再用文火煨三个小时以上至烂。

这"一个疗程"下来十八天，天天如此。我无法想象，岳母一个上午都在煲着这一小罐花生猪肚煲，她那么胖的身体在灶边一刻也不能离开。然后算准老婆下班时，提着陶罐在路口等着，让老婆提回来。这的确是养胃的好东西，从那以后，我再也没胃疼过。

当年和老婆谈恋爱时，岳母是不同意的。她说我是乡下人，父母不在身边，负担重，女儿跟着我会吃苦的。因为这事，我很少当面叫岳母为"妈"。

"我妈对你好不好？"老婆问。我直点头。老婆说："因为你爸爸妈妈不在身边，她把你当自己的儿子看呢！"

我一听，眼眶潮湿了。

藏在劳作中的诗意时光

▶ 文 / 李红都

> 假如你记不住你为了爱情而做出来的一件最傻的事，你就不算真正恋爱过；假如你不曾絮絮地讲你恋人的好处，使听的人不耐烦，你就不算真正恋爱过。
>
> ——罗兰

在车间工作的那些年，磨工组有一对恩爱有加的"鸳鸯"。

每天上班，男人骑着自行车，笑眯眯地蹬着车轮，女人侧身坐在车后座上，右手轻轻地搭在男人腰间，满脸满眼都是幸福的笑意。到了班组，换上工装，两人合开那三台机床刹那间便"轰隆隆"的唱起欢歌。

三台机床和管线、仪表台包绕起来的空间，就是两人愉悦劳作的小天地。女人对仪表，男人上料；女人在机床间磨削，男人到机床前面打磨砂轮；装活儿的料斗盛满了，女人拿来木箱，男人负责倒活……有调皮的工友冲他俩挤挤眼，做了个拥抱的手势，男人爽朗地笑起来，女人的脸上飞起一团红霞。

那时，带班班长的媳妇是车间的一位抽检员。一次，班长的媳妇到车间抽活，将抽选的几种型号的样品放在不同的纸盒中，准备带回检查站，半路上正好碰到班长。班长伸出粗壮的手臂接过媳妇手里的那几个沉甸甸的样品盒，一直把媳妇送到检查站门口……有位检查员看到了，就和他俩开起玩笑，小媳妇佯装生气地举起粉拳追着捶打他，班长"呵呵"地笑笑，转身又忙他的事去了……

离开车间已多年，每想起当年的工友，脑海中诸如此类的温馨片段就会如过电影般地回放起来，清晰而生动。

一直都觉得，劳作中萌生的情感最有诗意，就像《诗经》中那些经典的爱情故事，总能找到火热的劳动场景——"参差荇菜，左右流之。窈窕淑女，寤寐求之。……参差荇菜，左右采之。窈窕淑女，琴瑟友之……""彼采葛兮，一日不见，如三月兮。彼采萧兮，一日不见，如三秋兮。彼采艾兮，一日不见，如三岁兮。"古代青年男女在劳动中萌发的爱情，就是如此纯净、美好，充满了诗情画意。

先生第一次打动我的地方，也和劳作有关。那是我们相识后的第二个月，他准备周日带我去乡下的大姨家帮忙收麦。那天，我了解到了一个现实版的"投我以木瓜，报之以琼瑶"的感恩故事。

大姨并非他的亲姨，不过是他母亲的结拜姐妹。当年全国闹饥荒的那三年，大姨经常省些粮食贴补他们家。从此，每年麦收的季节，他家就会主动抽空去乡下帮忙，这一帮，就是二十多年。成年后的他，每年六月收麦时节，周日也会顶着烈日到麦场苦干一整天……他身上那种城市男孩少有的吃苦耐劳的品质和懂得报恩的美德，给我留下了非常好的印象。

先生是个动手能力很强的人。记得当年我们简装那间18平方米的新

房时，地板是他铺的、线路是他埋的，墙壁和门窗都是他刷的，连窗帘和门帘都是他亲自挂上的。婚后，因为他热爱劳动，我们的生活虽说不上富裕，却也过得幸福温馨。他擀得好面条、炒得好菜肴，换得了窗纱、修得了电脑，甚至我手持针线套被子，他也会站在另一头，和我比着飞针走线……于是，那些一起劳作的时光，像蜜糖一样在爱的阳光下融化，化作心中深深的恩爱、浓浓的幸福。

生性淡泊的他，这辈子是和"升官发财"等"成功"是沾不上边了，但在我心中，热爱劳动却是最能给女人带来幸福和安全感的纯爷们儿的品质。纵使无权无势，有一份劳动的技能，就有了衣食无忧的生存保证；有一颗热爱劳动的心，便有了家务中"你唱我舞，投你所好""求之即得，钟鼓以贺"的诗意生活。

优雅的侧立

▶ 文 / 孙道荣

> 平凡的人听从命运，只有强者才是自己的主宰。
>
> ——维 尼

一袭红色长衫，满头如丝银发。在全场热烈的掌声中，她款款走上舞台，以一曲高亢的《水乡桥韵》，拉开了"纪念改革开放三十周年——红线女粤剧艺术作品展演"的帷幕。

她就是红派艺术的创始人，著名粤剧表演艺术家红线女。

洒脱、飘逸，神采飞扬，你根本看不出，这是一位已经八十三岁高龄的老人。那眼神、那动作、那唱腔、那仪态、那神韵，都极具感染力，像一股风，穿透时空。

从艺 70 年，演过上百部粤剧，拍过 90 多部电影，独创"红腔"……红线女，在中国戏曲艺术史上，成为一面独特的旗帜，享誉海内外。虽然已经八十三岁高龄，红线女仍然活跃在艺术一线，每天九点半以前，她一

定会准时出现在红线女艺术中心，开始她一天的工作：研究、开会、看录像、修改剧目、手把手教徒弟……她说，"我年纪大了，不能到处上舞台演出了，但是，我一直在努力，我还要进步。"

"我还要进步"，这是一位老艺术家的拳拳心怀。虽已耄耋之年，仍然孜孜追求，不肯有丝毫的懈怠。所以，当红线女再一次站在舞台上的时候，她的一招一式，举手投足，都准确、到位、传神。老人边唱边舞，长衫飘飘，身轻如燕，仿佛一团火，将场上的气氛，一下子点燃了。

踩着音乐的节点，红线女最后以一个优雅的侧立，结束了她的歌舞，凝固在舞台上。老人的姿势，稍稍后倾、侧身而立、欲倒未倒、如升腾的风，如欲飞的燕，亦如往上蹿的一团火焰，照亮她脸上的笑容。红衣、白发、鹤颜、舞蹈融为一体。

全场掌声雷动。

演出结束后，记者在采访红线女的时候，不约而同地提到了一个细节：老人侧身而立的姿势。记者们纷纷表达了对老人的赞美和钦佩："我们看到您在舞台上的侧立，姿势特别优美，仪态特别优雅。"

是的，那确实算得上一个经典的造型，凝聚了一位八十三岁的老艺术家，对于舞台艺术一生的体悟，让人惊叹。

没想到，红线女却笑着解释说，"哪里啊，你们弄错了。我有一条腿肌肉萎缩得很厉害，侧着站，是在找支撑点啊！"

老人道出的"实情"，出乎所有人的意料。因为，大家都以为，那么优雅的侧立，应该是经过老人精心编排的。谁也没有看出，那是因为老人的腿肌肉萎缩了，站不住了啊。

我想起有一年的春节晚会，赵丽蓉老师在小品表演快结束时，突然单腿跪倒了。现场和电视机前的观众，都发出了会心的笑意，后来大家才知道，那并不是赵丽蓉老师节目里原有的细节，而是因为赵老师的癌症病痛发作了，她坚持不住，才有那惊心的一跪。那一跪，也是在找支撑点啊。

很多时候，我们只看到了舞台上的辉煌，却没看见台下的辛酸和磨难，坚韧和执著。在我看来，无论是赵丽蓉的惊心一跪，还是红线女的侧身而立，都是优雅而美丽的！因为，那不仅是她们的一个支撑点，也是每一个心怀梦想并执著追求的人，共同的精神支撑点。

再次相见

▶ 文 / 程广海

> 我无法驾驭我的命运，只能与它合作，从而在某种程度上使它朝我引导的方向发展。我不是心灵的船长，只是它闹闹嚷嚷的乘客。
>
> ——奥尔德斯·赫胥黎

吴伟是从农村考进我们县城一中的学生，在新一届的学生中，成绩属于中等水平。但他乐于助人、活泼、幽默的性格获得了老师和同学们的喜爱。尤其从高二开始，他的学习成绩一路领先，排名在班级名列前茅，吸引了不少羡慕的目光。

其实，早在新生入学一开始，吴伟那高大的身材和俊秀的脸庞就紧紧被同班一个叫水苏子的女孩子吸引着。在新生入学自我介绍的那次班会上，他们俩第一次互相有了比较深刻的印象。在班里所有的女生中，吴伟就记住了一个这么奇怪姓氏的女孩子。

高二学期开始后，学校要根据学生的意愿和成绩，划分文理班，吴伟和水苏子都上了理科班，恰巧又分到了同一个班级。下午课外活动时，吴伟在操场上见到了在跑步的水苏子，吴伟主动伸出手说，我们又见面了。这让水苏子有些惊慌失措，水苏子心里怦怦地跳着，她被动地伸出手，连忙点着头，羞羞地笑着，赶紧让那厚厚的秀发垂下来，遮住她脸上飘过的丝丝红晕。

这样的场景，在水苏子的想象中，不知道设计过多少遍。她无数次地演绎过一次又一次和吴伟第一次亲密接触的场景，不知道该怎样表达自己对吴伟的喜爱，只是每次要付诸行动的时候，她羞怯了，只是远远地用目光看着他，在班里、在操场、在食堂、在学校每一处能看到吴伟的地方，她那令人心跳、而又羞怕的目光时时留恋在吴伟的身上。

有了这一次的接触，水苏子内心再也平静不下来。她喜欢吴伟是由来已久的，发自内心的，只是由于自己内向的性格，不敢轻易去表达对这个男孩子的喜爱。但是又害怕被别的女孩子追到而失去吴伟，所以，水苏子拼命苦学，以此来吸引吴伟的目光。

吴伟早感觉到了水苏子那异样的目光。其实在他心里，水苏子是一个成绩优秀、温文尔雅的女生，他就喜欢这样类型的女孩，只是听同学们说，水苏子家是煤矿上的，父亲在煤矿工作，家境要比自己好多了，他担心这样的交往会有阻力。

吴伟和水苏子都是住宿生，交往的机会比走读生多一些。在一个周六的晚自习后，水苏子约了吴伟到操场上，他俩都相互了解了各自家庭的情况。水苏子的父亲是一位煤矿工人，母亲是家属工。吴伟的父亲则常年在外地打工，母亲在家里种地、操持家务。他俩都有一个共同的愿望，就是高考要报医学院，大学毕业后做一个救死扶伤的医生。水苏子和吴伟相约，在大学里依然做同学和恋人，两个人要一起报考比较有名气的华东医

学院。

高三了，水苏子和吴伟成绩在年级中依然靠前，被老师和同学们看好，说一定能考上自己理想的名牌院校。在高考前离校的最后几天，水苏子在学校的操场边，把一个少女的初吻给了吴伟，他俩相约，要报考同一所医学院，在大学里相见。

高考成绩下来后，水苏子和吴伟都没有想到，吴伟竟然发挥失常，没有被那家心仪的医学院所录取。水苏子却如愿以偿，来到了当初报考的那家医学院，学了临床专业。

在开学报到前，水苏子跑到吴伟农村的老家，安慰鼓励他。水苏子说，明年吧，明年我在医学院等你！

新的学期开始了，水苏子和吴伟各自忙着自己的学业。吴伟很少主动联系水苏子，总觉得有一种自卑感，没有脸面再和水苏子交流。所以，他加倍努力，明年一定要考到那所医学院，与水苏子相见！

可就在高考前的三个月，吴伟感觉身体不适，高烧不退。经检查，发现是国内一种比较罕见的急性白血病，医生对吴伟的家人说，孩子的生命最多还不到两个月的时间。

在吴伟拼命的追问下，主治医师终于给吴伟一个真实的答复。生命的最后几天，吴伟做出一个令家人吃惊的举动。

这一年的高考成绩下来后，水苏子再也没有联系上吴伟，在新生入学的名单中，水苏子也没有看到吴伟的名字。真不争气啊！水苏子有些生气了，甚至有要放弃吴伟的想法。

水苏子大二开学后的第一堂课是人体解剖，在医学院的人体解剖室，老师指着泡在福尔马林里的一具尸体说，这是我们医学院新接收的一位人体捐献者，我们的人体解剖课，就从他开始。

水苏子看见了，那人正是吴伟。

旧时的花

▶ 文 / 老海

> 青年是多么美丽！发光发热，充满了彩色与梦幻，青春是书的第一章，是永无终结的故事。
>
> ——朗费罗

技校那批女孩分到我们车间的时候，已是初秋，车间门口的法国梧桐开始飘落淡黄的叶子，树南边的小花池里月季开得正艳。那时，我已在煤矿的机械加工车间干了五年的铣工。五年的车间生活，我失去了最初的热情，只是日复一日的读书工作，而这些使我变得有些孤寂起来。就在这个秋季，我常常莫名其妙地逃离车间，看那一片片的叶子轻飘飘地落在水池里，荡起阵阵涟漪。

初冬的一个中午，工友们回家吃饭去了，我一个人在车间里洗着又厚又硬的工作服，发现一个女孩坐在铣床边的木椅上，正捧着一本厚厚的书看。这女孩留给我的只是一个秀挺的背影。中午的阳光透过车间玻璃窗淡淡地射过来，女孩乌黑细柔的马尾辫在阳光下闪着几丝光亮。她似乎听到

了我厚重的翻毛皮鞋发出的声响，头轻轻向后一回，给了我一个轻轻的微笑，继而，那女孩的头往下低垂着，整个面部几乎掩埋在那本厚厚的书中。

这个从技校分到我们车间的女孩有一天突然对我说，在车间里放上一盆花该多好啊！于是，我们从车间西边的花池里移了一株月季放在铣床对面的窗口下。

那种若隐若现的朦胧关系持续了有半年，那女孩离我而去。不久，我考上一所师范学院，离开了煤矿。大概出于秉性吧，我依旧苦苦地读书写作，似乎没有摆脱那种孤寂感，相反，那种怀恋故土的心情愈来愈重了。

我曾经对煤矿和轰鸣的生产车间产生过厌恶之情，甚至诅咒过它们，现在想来，是有些幼稚和偏激了。在高高的办公楼上，我不止一次地望着三十里开外的煤矿，她勾起了我无限的思绪。有一天，应矿上朋友的相邀，我回到了曾经待过的煤矿，在洗煤厂的一个僻静的泵房门口，看到一个穿着工作服的女孩，她面向太阳久久站立不动。那是冬日的下午，落日的余晖静静地照在女孩的身上，那女孩沐浴在一片宁静祥和的阳光中。这背影太熟悉了，我悄悄站在女孩的背后，许多的酸楚涌上心头。朋友们过来问我，你怎么哭了？其中一个过来说："他在矿上待了七八年，免不了有伤心的事，我们先走，让他一个人待会儿吧。"

晚饭后，我一个人来到曾经工作过的厂子里，隔着厂房的玻璃窗远远地看着那台铣床，窗口曾经放过花盆的地方堆满了杂物，上面布满了灰尘。我记得那花只开过一次，猩红的花，惹来车间里许多人的目光。

有些事情，很难用语言来表达清楚，似乎一着笔墨便无从说起，而一旦说出口，又没了原有的意味。就像那女孩最初留给我秀挺的背影和车间里开放着的花，它们永远地留恋在我心中，而这些带给我的，是一种追忆和感叹，让我追忆生命中曾经闪烁的一泓美丽。正如沈从文先生所说："美，有时不免让人伤心。"

一袋麦麸

▶ 文 / 顾文显

人算不如天算。

——谚语

　　离休老干部吴中书突然接到黄榆子沟村民捎来的信，说是老农孙有庆病重，想见他一面。吴老心里一哆嗦，20多年，怎么能将老朋友忘记了呢。他马上要了车，备上重礼，赶到黄榆子沟。

　　老孙头病得很重，喉头呼噜呼噜地喘。见了吴老干挣扎却起不来。吴老上前按住他："老朋友，怪我事多，把你忘了，你千万莫怪我呀。"

　　"怎么会呢。"老孙头断断续续地说："人到临死时，回忆一生所做的事，唯独对你吴干部亏心呐。这下好了，说出来，求得你一声'原谅'，我就放心地去了。"老孙头讲，"当年我骗了国家一袋麦麸，是经你的手，坏了政府的一片心……"

　　是这么回事。当年吴中书作为农村社会主义路线教育工作队，来到黄

榆子沟蹲点。那时干部下乡吃派饭，有一次他中午才到，临时被派到老贫农孙有庆家。听送他的队长说，老孙头今天 50 岁生日，说不定有好吃的。可是，去了一看，清汤寡水，全是野菜！吃得吴中书满眼是泪，回到市里，把孙有庆的生日情况向领导汇报。领导也十分同情，通过粮食局局长走后门的关系，特批了一袋麦麸，由吴中书当慰问品送到孙有庆家中，老孙感动得抱着袋子差点哭昏过去！

"我丧良心啊。那阵子又穷又饿不假，可早知道我五十大寿，春节每人分的二斤面挤出点没舍得吃，刚包了素馅饺子煮好了，听队长冷不防把您领了来。俺不敢让您看到我们有饺子吃，那不连累全队社员少吃返销粮吗？慌急了，把饺子扔到猪食缸里藏了起来——家里穷得再没安全的地方了。哪成想，害您填了一肚子野菜，您反而送来了政府的温暖。你说我还是个人吗？"

多朴实的农民哪。吴老激动得不能自已，用力扳住老孙头的双肩："老兄弟，要说不是人，那得先是我。我……那时全家六口，都是半大小子，个个饿得跟狼似的。本来批的是两袋，让我贪污了一袋……我把这事向您坦白，也了却我一块心病，不然将来死也有愧，我可是新中国成立前的老党员呢。"

老孙头奇迹般地坐了起来，病没了！两位历尽风雨的老人四只手紧紧握在一起，笑够了哭，哭够了笑……

二十块钱

▶ 文 / 顾文显

> 远亲不如近邻。
>
> ——谚语

　　张加天对门搬进来了新住户，年龄与他相仿，独身，听说是离婚的。童年时张加天的父母离婚，让他吃尽了苦头，他坚决认为，离婚的没一个好鸟。于是他对老婆说："少搭理对门那独身男人。"老婆说："你不嘱咐我，我也得避嫌不是。"

　　本单元四楼就这两家，两家互不往来。张加天偶尔在楼梯上遇到对门，对方试图跟他拉关系，总是冲他友好地笑笑，而老张却只是哼哈地应付一声拉倒。有一天，对门按老张家的门铃，想咨询取暖费去哪儿交，老张就隔着门丢出去"五区供热中心"六个字，连门都没开。

　　这样住了三个多月。这一天，水管抄表员来抄他家的水表。老张突然想起来，不是两个月一收吗，怎么上两个月给忘记了？这是失职。他老伴

终年不出大门，怎么就漏掉两个月的？两个月攒在一起，就是四五十元，你若是攒上十年的，我还交不起呢。可是，看了水表数，张加天糊涂了，水表数不对呀，少了。抄表员一走，他问老伴："你前月交水费了？"老伴说："我哪交了，正打算问你呢。"

家里就俩人管钱，这回轮到张加天不安了，难道是收费员把票子弄丢了？那他就得赔上呀。这收费员真是不容易当呢，挣那一脚踢不倒的几个工资，每天咣咣咣咣敲这家那家的门，里面纵是有人，知道是收费的也不答应，不让你跑几回他心理就不平衡似的。如今自家吃了水，理应交费，怎么好让人家给赔上？

半月后收费员来了，收他二十多元。张加天请他到屋里，捧上一杯热茶，问："上期是不是赔了？"

收费员莫名其妙："我这五年就没丢过一分钱。"

"那前两个月我怎么没记得交水费呢，你票子弄哪去了？"

"噢。"收费员说，"前两个月我有点事，早收了两天，敲门没人应，你对门替交了，票子在他那儿。咋，他没找你要？"

可不，是有一天他们到女儿家给小外孙过生日去了，就漏岗一次，偏遇上收费，这巧不巧。张加天又是哼哈地点头，把收费员送走了。

剩下两口子你望我，我望你，又都摇头。这是怎么啦，远亲不如近邻，近邻不如对门呀。他俩拾掇了点礼物，去按对门的门铃。那人姓林，作家，热情请进屋，老张伸手就要票子。

林作家拍了拍脑袋："有这码事。交了就交了呗，二十块钱，多大的事呀，我留票子干什么。"

"钱我得付，谢也得感。"老张创造出最新的语法结构，"大哥，不，老师，原谅我以前的冷漠，您这朋友，拉饥荒我也得交，您不搭理，我还耍赖纠缠你哩。"

"我巴不得跟邻居和睦相处呢，"林作家说，"见您不爱理我，我猜想可能你家有难事，还没找个机会问一问，看我能不能帮上忙。"

双方都很诧异。张加天想，这二十块钱神了，如果他当初提着两瓶茅台上门，我指定给扔出去。林作家想，本打算过年时买两瓶茅台过去拜个年，把关系搞融洽了，还担心碰钉子呢，哪想到对门这么朴实。

双方都赞叹对门：好人哪，遇上了真是幸运。

情 结

▶ 文 / 顾文显

> 一言之美，贵于千金。
>
> ——葛洪

马六砌了一天砖，拖着条老寒腿往家奔，突然发现路边围着一些人，原来是这家小店把电视搬到门外，大伙正看奥运比赛呢。马六一瞅，5 频道，他家没有，而画面上正是马琳陈玘打一对丹麦选手！他早忘记了肚子和腿的事儿啦，立即凑过去。

可是马六发现，苗哈哈也在，咧着张大嘴瞅着电视笑。他心里一阵厌恶，他跟姓苗的为装修的事儿打过仗，六年没搭腔，真不想见他。离开？可屏幕上显示，中国 3：2 领先，而这局又是 8：7，差仁球就胜了！马六恶狠狠地想，行你看，老子咋就看不得！他理直气壮地挤过去。

比分咬得惊心动魄，眼看中国胜利了，对方追上一个，又追平了。这时，苗哈哈那张臭嘴竟然说出了挺中听的话："中国必胜！"还有意往他这边瞧了一眼。似乎寻求支持者。马六虽然没接话，心里感到他说得有理，中国就是厉害嘛。这时，解说员说，接下来还有一场半决赛。姓苗的脱口道："这体力能受得了吗？"

马六终于忍不住，纠正说："那是另一对，累不着这俩孩子的。"马六看到，苗哈哈感激地望了他一眼，本来嘛，你不懂还要瞎评论，丢人。

10平、11平。马六觉得心要从嗓子眼儿里蹦出来！孩子呀，你们可把握住哟，中国人民在盼着呢。他开始有些哆嗦，这时，苗哈哈不知什么时候挨近了他，说："没事，中国必胜。"

这是马六最需要的一句话！马六觉得苗哈哈不算最坏的人，他知道好歹哩。果然,12∶11,果然,13∶11！中国胜了！马六不晓得是咋回事，竟然跟苗哈哈这多年的仇人互相击了掌！片刻，他才回过味来，自己发誓一生不理他的呀，可开了口，不认账是不行的。他讪笑道，扯，人家获奖拿奖金，关我们啥事？

苗哈哈正色说，升旗、奏国歌可是咱的事哩。

对。马六有些内疚，这么浅的道理我怎么就不懂呢？

俩老犟巴不由自主，相互跟着进了小酒馆，那份友好，仿佛刚才那球是他俩帮着胜的。马六想，今天若是输了，我理你！苗哈哈也想，你也就是沾赢球的便宜，否则，那事没完。

差点又干起来，那是争着买单。

为了心中的佛

▶ 文/余显斌

> 命运的变化如月亮的阴晴圆缺，无损智者大雅。
>
> ——富兰克林

他是一个和尚，却不诵经不礼佛。每天，都望着佛寺发呆。

师父长叹，道："你望什么？"他回答，好美啊。说着，指指古雅的佛寺，佛寺的飞檐翘角，在蓝天白云和大山的衬托下，别有一种美。

在寺庙里，他做了十五年僧人，没记住几句经文，可是，所绘的各种亭台楼阁、湖泊假山的图纸，却挂满禅房。他的人虽然在寺庙里，名声却早早地飞到了外面的世界。

在他二十二岁的一个早晨，一队人马进了寺庙，带着皇帝的圣旨，对着和尚们宣读：皇贵妃仙逝，圣上心痛欲绝，发誓要修一座天下最美的陵寝，然后，口传圣谕，让他下山，设计建造。

他下山，随着大队人马。

耳边，是师父的声音："你下山一定凶多吉少，要解此灾，唯有一法。"

"何法？"他问。

"装疯，可躲一厄。"师父数着念珠。

他摇头，叩别师父，走出殿门，

几天后，他拿着自己的图纸去拜见皇帝，细细叙说着自己的设计规划。皇帝眉开眼笑，眼光发亮，当即授予他二品官职，并让他负起建造陵寝事宜。

"贫僧可负责建造陵寝，但不愿为官。"他推辞。

"不愿为官？"显然，皇帝不理解。

"不可能！"所有官员都瞪大眼睛，不相信自己的耳朵。

他掸掸僧袍，笑了，缓缓退下，依然粗衣布衲，走向了施工场，亲自监造。有时也跟工人一块儿搬料，扛木头。

十年过去，整整十年，一个青春的和尚已步入中年，由于长期的劳力，由于艰难的调度和运作，他的鬓角，已见星星白发。

十年艰辛，十年血汗，一座绝世的艺术品出现在人们眼前。

一座高大的、金殿般的建筑矗立在蓝天下，红墙如胭脂，让人晕眩。

皇帝见后，泪水直涌，喃喃道："比我想象中的还要美，爱妃，它只配你住。"

第二天，皇帝召他上殿。所有的大臣都十分羡慕，都知道这个和尚发了。只有他仍静静地，微笑着站在宫廷上。

"来啊，把他的右手砍了。"皇帝吩咐卫士。

他微笑着，伸出右手，好像一点儿也不意外，连皇帝也惊奇，问："你怎么不问为什么？"

"早已知道，何必再问。"他淡淡地回答。

"知道什么？"皇帝惊讶。

"你怕贫僧再为别人设计，所以如此，"他仍波澜不惊。

他的右手被剁下。他并没有离开，而是在陵寝周边徘徊观望，同时，在陵寝对面不远的山上，掏了一个洞。洞掏完不久，皇帝又让卫士带他上殿。他依然粗衣布衲，飘飘而来，对着皇帝微微一笑："我一切皆了，可以死了。"

"你怎么知道朕要处死你？"皇帝睁大了血红的眼睛。

"我手虽断，可思想仍在，你怕我为别人设计更好的建筑。"他说。

受刑那天，他提出要见师父。老师父来了，须发斑白，一如十多年前一样，摸着他的头顶道："你既知道难逃一厄，为何还要下山。"

他微笑，仍如少年时，望着远处殿阁楼台道："为了心中一个美丽的梦。"死后，按他的要求，一部分骨灰葬在他挖的洞里，和自己的设计遥遥相对；另一部分被老师父带着回了山。圆寂前，老师父指着骨灰罐，告诉身边的弟子，把他的骨灰放在自己的塔中，"因为他是一个真正的佛家弟子，在他的心中有一尊不变的佛，那就是美。"

良心的利剑

▶ 文 / 安宁

> 一丝一毫关乎节操，一件小事、一次不经意的失信，可能会毁了我们一生的名誉。
>
> ——林达生

他是我认识的一个教授，在学术界有很高的威望和声名，他门下的弟子，也都是个个精英。为了保证教授的质量，许多年前，他就奉行一个原则，即每年只招生一个博士。但即便如此，报考他的博士的学生，依然是波涛般，今年败了，明年又卷土重来。而那个叫凡的学生，就是这样进入他的视野。

凡是个少见的有韧性的人，连续报考了三年，均以几分之差，屈居第二。第四年，凡又来考。他翻到凡的档案的时候，微微一笑，想，这次无论如何，也要给凡这样其实很是优秀的学生一个机会。这次，凡的成绩，果然高居榜首。但是，就在面试的前一天晚上，校长亲自打电话给他，

说，按照惯例，我们总是先要照顾一下自己学校毕业的学生，况且，第二名，也并不一定就比第一名差的，明天面试完后，尽可能多考虑一下，再做定论吧。

这几句话，其后的含义，他当然是明白的。每年总有一些人，千方百计地左右他的招生视线，但他每次都能做到公平。可是，这一次，他却有些犹豫。校长为了招生，亲自打电话给他，还是第一次；而这个第二名的学生，与第一名，的确是水平不相上下的。这个学生，有较深的学术功底，校长有意栽培，定是想要为学校培养一些后备力量，当然，该生的家庭背景，亦是不容小觑的。但那个一连考了四年的凡呢？难道为了一份私心，就让正处在一份巨大喜悦中的凡，瞬间跌落到冰冷的海底吗？如果这次真的开了先例，那么以后他在学生中，威信将怎样大打折扣？

那一晚，他枕着这些问题，辗转反侧，想到头疼欲裂，却依然难以入睡。第二日晨起，他打电话给另一个参加面试的教授，竟是得知，校长也已经给这位教授，提前打过了招呼。他知道这次遇到的阻力非同一般，只好希望在面试中，第一名的凡，能够发挥出色，这样才能让那些阻力，减弱变淡。但最后面试的结果，竟是两个学生的表现，不相上下，难分高低。

面试结束后，他与另外几个教授，就究竟是按初试成绩，还是按照优先考虑本校学生的原则录取，好一番唇枪舌战。最终，以无记名投票表决的方式，来决定录取。这是为了照顾校长的面子唯一可以选择的方式，在此之前，校长从来不过问他招收学生的情况，基本上是他一个人决定。而这次，他在据理力争之下，很勉强地，接受了这样一种方式。结果，当然是在预料之中，他一直想要招为弟子的凡，在一种无形的压力下，终被PK下去。

而他就是从那时，开始被一种奇怪的愧疚和不安折磨着。严重到每每看到这个被招收上来的学生，就会想起凡。想起他在面试上，一副意气风发的模样；想起他挤在人群里，看见喜庆的红榜上，没有自己名字时，眼睛里瞬间闪过的失落和哀伤；想起他看到自己走过来时，扭头走开去的尴尬。那一年，他比任何人都要盼望着下一届招生的到来，他想只要凡通过考试，无论如何，他都会将他招到门下，以此弥补曾有的过失。

但是，凡在那一年，却是没有报名。他在惶惑里，又度过了漫长的一年，而凡，依然没有来。他终于知道，那一次的错误，已经将凡的自信和坚韧，彻底地击垮了。这个如此醉心于学术的学生，或许此后，再不会沿着这条路，坚持不懈地走下去。而他，原本可以"无视"权威，"无视"其他专家的意见，将凡领入向往的芳香之旅的。

没有一个人，知道他的老态，为什么如潮水一样，唰一下就席卷了来。他在那其后的两年里，面容倦怠，神思恍惚，常常在登上讲台看到下面学生的时候，就将要讲的内容，统统地忘掉。而且走路，竟也是蹒跚起来，不过是 63 岁的人，却是有了 83 岁的老者才有的无法收拾的衰颓和溃败。许多人都以为他身体不好，劝他去医院诊治，他却总是慌乱地找理由推托掉。他的记忆力迅速地减退，可是他却怎么也无法忘记，凡转身时，那淡漠的眼神，它像一把利剑，冰冷地插入他的胸膛。而他的良心，却将那把剑，推得更深；直至最后，他终于无法承受。

他花费了很长的时间，才通过许多人，辗转找到已经工作的凡的电话。电话接起的那一刻，他没有来得及介绍自己是谁，便开口道：凡，你今年一定要来报考我的博士，只要你分数过了，我保证，一定让你顺利录取。而在听到凡的应答后，他则立刻便挂断了电话，好像，稍稍晚一秒，凡就会改变了主意。

　　凡终于在四年之后，成为了他的学生。而且，是他的关门弟子。他在凡毕业的那一年，因病去世。他从没有告诉过凡，在那四年里，他曾与良心的利剑，进行了一场怎样艰难痛苦的斗争，最终，心力交瘁的他，向这把无形的利剑，举手投降。

　　凡自始至终，不知道这其中发生了怎样的故事，所以，凡也从没有告诉过导师，其实，自己从来没有怨恨过他，是他那一年觉得累了，才放弃了继续考试。而当他接到导师电话的那一刻，他心底充溢的，除了巨大的惊喜和感激，就再没有其他。而这位让我始终敬仰的教授，在安详地闭眼离去的时候，却对此，依然一无所知。

　　可人不知道的东西，时间与良心的利剑，却会清晰地记得。

茗中静待尘埃落

▶ 文 / 安宁

> 自知者不怨人，知命者不怨天。
>
> ——荀子

有一段时间天天着急，因为一些琐事，还有所编著的自以为了不起的一套丛书。每天早早地起来，就坐在电脑前忙碌，或者给不同的人打着电话，为一些细小的边角彼此磨合说服，说到连自己都觉得有些啰嗦，甚至是遭人厌烦。泡好的一杯普洱茶，就那样在桌子上放着，等着我有闲情逸致了再将它们饮下去。可惜我错过了与它们温柔絮语的上好时光，总是看到它们那黑亮的色泽，逐渐黯淡下去，一杯茶，也没了温度，这才端起来，如喝白水一样地大口喝入胃中。

所以唇上的燎泡，始终在我的急躁里，固守着一方阵地，击退不得。而身边的朋友，也将我当成一株无法靠近的蒺藜，小心翼翼地绕道而行，以防一不留神，被我怒发冲冠的尖刺，扎出血来。同居一室的舍友，看到

我焦头烂额地忙，也自动噤了声，将每日好玩的见闻，闭锁在肚子里，或者跑到隔壁去找别人倾诉。

但还是有事情忙里添乱。是我所用的网络，不知为何在一天清晨起来始终无法登录。试了许多种方法，快要将电脑敲打坏了，还是无法使用。我急火攻心，抓起电话便打给了网络公司，气势汹汹地要求他们必须、马上、务必、现在就派人赶过来，为我检查网络问题。

接电话的是个声音甜美的女职员，听我如此气愤难平，并没有着急，而是不急不躁地解释说，让我耐心等待，现在员工都已经派往各个地方，暂时没有人能够腾出手来，但她保证今天肯定能过去帮我修理。

我一听即刻更气，几乎是吼叫起来：你们的服务宗旨不是客户永远是上帝吗？上帝的问题你们不给马上解决，那还叫什么上帝？！实现不了承诺你们干脆关门歇业算了！

我在这边气得肺都要炸了，电话员却还是一副好脾气，安静地听完我的一通训斥，照例轻言慢语，说，还请我多多包涵，他们的确是忙得抽不出人手。最后还温柔地向我建议，不如打开电脑，听一首班得瑞的曲子，喝一杯祛火的菊花茶，或者跟家人聊聊天，与朋友叙叙旧。再不然，就睡一会儿吧，不过是几个小时，怎么着都好打发的。

我却是听不下去她的好言相劝，而且总觉得她有假慈悲以便逃避责任的嫌疑。所以愈发地上火，最后几乎快要将咒骂脱口而出的时候，电话员及时地说了再见，轻声挂了我的电话。

我啪地将手机丢在电脑桌上，而后闭目想了片刻，决定再打。就在我欠起身去捡手机的时候，我看到电脑后面网线的插头，如一件松垮的衣服，搭在插口处。当我向接口处轻轻一按的时候，电脑的线路，即刻畅通无阻。

　　我的脸，也就在那时，有火烧火燎的疼痛。我想了又想，最终还是决定打电话给网络公司。接电话的还是那个声音甜美的女职员，当我尴尬地说出网络不通的原因，并小声说了句"抱歉"的时候，她并没有反过来将我讽刺一通，而是微笑着说，其实她早就听出来，我是心内积压了太多的火，而不是单纯因为网络问题，所以需要找一个地方发泄一下。

　　我一脸地歉疚，说，那我也不应该将你当成自己的出气筒，说话如此尖酸刻薄。而她则自我解嘲说，每天都有上帝来朝我们发脾气，其实早就习惯了，况且，能为上帝当出气筒，解一时之烦恼，也算是一种荣幸吧。

　　我其实很想问一下那个女职员，天天这样在电话里被人凶神恶煞地训斥和投诉，她会不会也像我一样烦躁不安，想要与什么人大吵一架？但还是忍住了，想，其实烦恼充斥了我们每一个人的生活，只不过，有些人还它一个淡然的微笑，而后坐下来喝一杯茶，静待时间流过，烦恼亦随之轻烟一样散去。而另外一些如我一样的人，则在躁乱不安中，将那些微尘般的烦恼，自我发酵成一团又一团的雾气，直到自己陷入其中，找不到走出的路途。

　　寻不到路途，其实也一同丢失了自己。

弄拙成巧

▶ 文 / 安宁

> 虚假的坦白实在是一个可怕的事情。
>
> ——巴尔扎克

　　我所生活的小城，有省内最有名的批发市场，当然，换一句话说，也是省内最大的假冒伪劣商品批发市场。这后一句，并不像人理解的那样，上不得台面，相反，因为假冒的质量极其精良，且几乎可以与正品媲美，一决高下，已然成为我们当地人值得对外炫耀的一种骄傲。每每有外人进来，在周游完山山水水之后，总不忘得意地加一句：我们这里的某某产品，可是畅销大江南北哦。

　　于是有电视台记者便决定来次暗访，一举揭开小城的造假秘密，并在电视台予以曝光，端掉这个造假小城。这记者人极其狡猾，在口袋里放一个袖珍摄像头，便扮作某个有钱商人，来小城拜访，说要大批量地购买某个名牌产品的糖果。

记者问生产商，都说你们这里的糖果极其畅销，能不能告诉我，原因是什么？生产商笑而不答，只说，待会儿你就知道了。记者好奇地跟着生产商参观生产基地，流水车间，职工宿舍，并没有从这热火朝天的小型加工厂里，发现什么特别之处。

记者按耐不住，再次诚恳地追问，并表示只有得到结果，才能放心做成买卖。生产商这才领他到办公室，抓过一把自己生产的假冒名牌糖果，又拿出几粒真货，放入盘中，稍加混合之后，便自信地伸到记者面前，说，呶，尝一尝，告诉我，究竟哪颗是真的。

记者很认真地一粒一粒尝过，尝到最后一颗时，他终于无奈地摇摇头，说，实在是尝不出，几乎每一粒都有一样绵软甜美、让人难忘的味道。生产商豪爽地哈哈大笑，一拍桌子道：能与真正的名牌产品，有丝毫不差的味道与质量，从包装到内里，皆一丝不苟，从形似到神似，这就是我们畅销全国的秘密！而且，比名牌产品低一半多的价格，却可以买到一样品质的糖果，你说，这样优质的假货，你要不要？

记者连连点头，说，回去立马制订购买计划，大批量购进你们小城的名牌糖果，有钱大家赚，你们可要等着我的订购合同。

这记者一转身，便背叛了"兄弟"，将偷偷录下的生产商的"豪言壮语"，一字未删地全部播放出来。这一期节目，被各地 N 次转播之后，几乎让小城所有的糖果生产商，都惶惶不可终日，有些痛哭流涕，后悔轻信了那"黑良心"记者的大话；有些寝食不安，坐等着订单的退回；有些神经质地数着腰包里的钞票，似乎只有这样的方式，才能确认那些赚到手的钱，是实实在在的；也有一些，甚至决定立刻停止生产，到外地避避风头。

就在小城里的造假大户们，都以为在曝光之后，必死无疑的时候，没过多久，却有雪片般的订单，诡异地从全国各地，飞到小城里来。订单的

数目，比之于以前，皆大得惊人，让荷包满满的生产商们，一时间不敢下手生产，怕稍不留神，踩下去，又是一个陷阱。

惶恐中，生产商们一个个拨通了所有飞来订单的老板的电话，战战兢兢地问他们，究竟为何在假冒糖果曝光后，还敢下这样大的订单？答案，几乎是惊人的一致：电视台都免费为你们做广告了，我们当然信得过。

生产商们一头雾水：什么广告？对方哈哈大笑：那期曝光的节目可不是变相为你们做了广告？能以一半的价钱，买到与名牌产品相差无二的糖果，且又经过记者的亲自试验，有这样的广告，你说，我们能不信得过吗？

小城里的生产商们纷纷奔走相告，并由衷地感谢那个替他们做了免费广告的记者和多家电视台。并决定奖励那些为研究名牌糖果的配方做出积极贡献的当地专家们，没有他们的努力，怎能将假冒糖果制造得如此逼真，并在批发商那里成为信得过的免检产品？

而小城人，此后再接待外地宾客的时候，总忘不了适时地炫耀一下此事，说，别的假冒产品，常常弄巧成拙，而我们凭借优异的质量，则是弄拙成巧、弄假成真了呢。你瞧，到哪里，都是质量为先，我们小城的生产商们，没有读过什么MBA，但却深谙这条经济学上的真理呢。

第三辑

Chapter Three

唯美阅读

Weimei
Yuedu

前方有雨，请君慢行

▶ 文 / 安文

> 最初所拥有的只是梦想，以及毫无根据的自信而已。但是，所有的一切就从这里出发。
>
> ——孙正义

一次正在路上散步，天上突然就下起了瓢泼大雨，行人立刻奋力朝前飞奔，试图穿过这重重雨幕，迅速抵达可以遮挡的屋檐之下，偏偏有一个十五六岁的少年，依然保持着先前慢行的速度，边欣赏着路边无声无息狂奔的人群，边吹着自编的《雨中慢行曲》。

有许多人在经过他身边的时候，都会诧异地看他一眼，以为他是个智障的人，不知道躲雨，还有心情闲庭散步。也有人认为他是个盲人，看不清路，不能像他们一样飞跑，所以便善意地朝他大喊：用不用我帮忙？他却笑笑，不说话，继续吹他的口哨。

我好奇，在走至他身边的时候，终于忍不住，问他：下这么大雨，干吗不快跑，还这么慢慢悠悠地走？他看我一眼，停止了吹口哨，不紧不慢地说：前方也有雨，跑又有什么用，不如继续散步慢行。

当时并不理解，第二天在本地的报纸上，看到新闻，说昨天一场突袭而至的大雨，导致了两场车祸，并有多人受伤。出事的人，要么是因为奔跑时过于焦虑，一头撞到了树上，要么是被石头绊倒，磕在了坚硬的水泥地上。还有更不幸者，在拐角处与同样飞驰的汽车相撞，当场停止了呼吸。

很多人都说他们倒霉，或者抱怨雨来得不是时候，我却突然想起那个慢行的少年，想起他对我的劝诫，前方有雨，请君慢行。如我一样的成人，竟然不如这个慢行的少年有通达的智慧，可以一眼看穿了快走的我们，内心对于功利的渴盼与焦虑。

记起一个朋友，携妻子从小城来到北京，一心想着要在繁华的都市扎根，有一个人人羡慕的户口，并买上房子，过上想要的幸福生活。他为此拼命工作，从未有过午休和周末的概念，就连我们这些朋友，想要约他聚会都很难。我们送他"拼命三郎"的称号，他却并不介意，并说，如果不拼命，不快走，怎么能够抓得住机会？要知道，机会可是从来都不会等人，它飞得快着呢！

我们都钦羡于他，觉得这一拨人里，也只有他能出人头地，在京城混出个模样来，过上比我们所有人都幸福的小康生活。几年后他果然有了房子，有了户口，有了车子，有了票子，可是，他却唯独没有了妻子。他的妻子因为无法忍受他如此高强度的工作，甚至在吃饭的时候，都频繁地接听电话，更不必说可以陪她逛街，记得她的生日，在她生病的时候嘘寒问暖，并在医院的病房里守护着她。一次妻子意外流产，他本应陪护着她，却因为一笔即将谈成的生意，而连句话也没有，丢下妻子去奔赴公司时，

他们的婚姻，也因他这样疲于奔命地快走，而行到了尽头。

他因此备受打击，辞了工作，去海边静养。就是在这里，他学会了慢节奏的生活，开始尝试着晨起锻炼，按时吃一日三餐，晚间沿着海滩湿润开阔的大道散步，呼吸海边氧气充沛的空气，还有海风送来的清新的海藻的味道。他甚至还养了两条红色的金鱼，并买来鱼食，细心喂养。

他就是在一次慢悠悠去买鱼食的路上，遇到了现在的妻子，一个恬静温柔的海边女子。他说，如果那天不是自己慢行一步，他就不会与她擦肩而过，也不会碰落了她手中的大簇鲜花，更不会因为这个理由而与她相识。假使他急匆匆前行，那么拐角处慢行的爱情，或许遇到的，就是另外一个悠闲慢走的人。

他最终选择了在海边陪伴这个鲜花店的女子，并自己开了一家特色海产店，在这个游客算不上太多，但却因为安静，而内心静寂灵魂优雅的岛城。

很多时候，机会并不是那个长跑的冠军，你永远都跟在它的后面，需要跑得更快，才能追得上它。其实它常常像那个雨中的少年，慢慢行走在人生的路口，不争抢，不飞奔，静等红灯过去，绿灯亮起，而那些闯了红灯的人，往往就在这时，永远地错过了机会。

倾听是心灵的慈悲

▶ 文 / 安文

> 在灰暗的日子中，不要让冷酷的命运窃喜，命运既然来凌辱我们，我们就应该用处之泰然的态度予以报复。
>
> ——莎士比亚

晨起在小区楼下的早点铺子里吃早餐，听见几个东北口音的中年女人，围坐在一起，说起在北京打拼的艰难。

其中一个说，每次有客人来，若家里其他人都出去了，女主人总会当着她的面，对客人说：家里就我一个，没有别人，多坐会儿吧。这样一句，每次都会让她伤心上许久，她很想告诉女主人，难道，在他们眼里，她真的和那些洗衣机、电饭煲、除尘器一样，只是没有生命的工具么？她可以一刻不停地干许多的活，而不说一个累字，她也可以在吃饭的时候，永远都不上桌子，只在厨房里凑合一日三餐。可是，她却不能忍受雇主在言语上，带给自己的轻慢和忽视。那种积习在思想深处，因而成为一种习惯的

冷淡，带来的伤痕，是比刀子刻下的，还要尖锐且持久。

另外一个，在做保姆之前，明明说好了只负责与孩子有关事宜，但一家人，每每却忽略了她的身份，将她当成一个全职的家庭保姆，既负责老人，还负责家务，有时候她表现出劳累的疲态，言语刻薄的女主人，就常常一句话扔过去，说：看，再多都是废话，已经不听你指令了。她原本是个停不住的人，除了有些累，并没有对多出来的活，抱怨过什么，可是这样的苦干，换来的，不是安慰，或者一抹感激的笑容，却是愈加苛刻的指责。

这是一群说着同样的方言，在同一个小区里工作，却彼此因为忙碌，而互不相识的女人，是这样一顿早餐，将她们聚在一起，且有机会，彼此倾述内心的苦楚。她们没有多少的钱，像我们这些白领，在鸡尾酒会或者时尚 Party 上相识，留下名片，若有利益，此后继续来往。但她们在这个夏日清晨的谈话，却是内心最真诚的袒露，这样的安慰，既与金钱无关，也与利益相背，她们只是恰好在北京的一个小吃铺里，碰到了，做彼此最好的倾听者。

很多时候，人与人之间，就是这样忘记了倾听，且因此，失去了彼此的信任与尊重。这个城市，散落着许多这样在我们眼里，被视为被遗忘的音符。我曾在一条街上，碰见一个被城管追得气喘吁吁的男人，他的脖子上，挂满了要出售的围裙、手套，还有叮叮当当的勺子。这是一个在城市里，艰难讨生活的男人，或许，他手里出售的东西，还曾给城管的妻子，提供过小小的方便，或许，他们也曾有擦肩而过的缘分，可是此刻，他们彼此，只有追赶与逃跑的关系。

我很想拦住那个城管，问他一句，你有没有想过，这个男人，其实是和你一样，有尊严的一个父亲，或者丈夫？若是他这样的尴尬与辛苦，恰好被他的妻子碰到，那么，她的心底该有怎样的心酸？他在这个繁华的城市里，已是在最底层小心翼翼地生活，如果我们无能为力，那么，为何连倾听的微薄的机会，也不给他？很多时候，我们在最软弱的时候，需要的，或许不是帮助，而是一双温暖的手，或者懂得慈悲倾听的双耳。

我喜欢天桥下面的那一片空地，天气好的时候，常会有一些骑着三轮，载着简单的剃头担子的老人，来这里给人理发。理一次头发，只收三元的费用。生意说不上好，但总是有人会来。看得出，来的都是无钱去理发店的民工，或者卖水果杂货的小商小贩。阳光洒落下来，有风徐徐地吹过，剃头匠的小狗，在清凉的风里跑来跑去。他们彼此，素不相识，却在这样一个舒适的午后，毫无芥蒂地聊着小成本的买卖，待养的老婆孩子，碰到的沟沟坎坎。只是短短的十几分钟，可这样的闲聊，在结束的时候，却带给他们春风抚慰般的愉悦和知足。也正是这样的满足，可以鼓励着他们，在这个喧嚣的城市里，如一株承受着风雨雷电、沙尘酷暑、高楼挤压的梧桐，继续坚强地站立下去。

假若，你在城市的某一个角落，遇见一个孤单又专注地吹奏萨克斯的男人，你能否安静地站立片刻，听一听他曲中的忧伤？假若，你在通往马路对面的地下走廊里，看到一个乞讨的老人，你能否弯下身去，将一枚硬币，轻轻地放到他面前的盒中？假若，你在堵塞的公交车里，抬头看到那些在高空里作业的民工，你能否将视线调整到真诚仰望的角度？

而这样的注视与停留，其实，是另一种善良的倾听。而当我们的心，像双耳一样学会了倾听，那么，还能有什么可以阻止宽容、信任、爱与希望的游走？

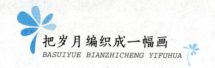
人不只是一撇一捺

▶ 文 / 安文

> 与其哀叹自己的命运，不如相信自己的力量。
>
> ——蒙古谚语

朋友在一所大学里做老师，同时担任一个班的班主任。是一群学艺术的孩子，平日里嘻嘻哈哈，跟朋友没大没小，聊起天来，还会当场批评她，有那么几次，让她险些下不来台。

有一段时间朋友因为忙着一本书的写作，对班里学生的关心，有些疏忽。平日里她对这群学生，像自己的孩子一样呵护，尽管朋友不过是个80后还不愿意长大的女孩。哪个学生有病，她必会赶到宿舍，嘘寒问暖。哪个学生心里纠葛，想不明白，她也会用掉休息时间，耐心倾听他们青春期的困惑，并尽其所能，为他们解疑答惑。学生们也乐意跟她这个姐姐似的老师说心里话，讲一些不想跟周围同学讲的小秘密。就连该不该接受某个男孩的求爱，也会倾诉给她。

朋友那时自己都没有搞得懂爱情，对于人生，也是一知半解。用她自己的话说，还缩在青春的壳里，不想出来。她一边用自己不多的人生经历，给这群孩子解决各式各样的问题，一边自己在周围复杂的人际关系里，跌跌撞撞地摸爬滚打。还好她有自信，相信凭借她满腔的热血，一定能让这些孩子们喜欢上她，并尽可能多地给他们解决一些实际问题。

在朋友写作此书之前，一切看上去都很完美，犹如绿水环绕着青山，她喜欢学生，学生们也依恋她。可是在朋友花了两个多月闭关写作此书时，学生们对她的态度，却有了微妙的变化，似乎那泓碧水，开辟了新的航道，于是离那昔日的山，也便远了。

那本书因为属于学校承接的课题，所以学校特给她批了假，让她可以暂且不必管班里的琐事，由其中一个领导代为管理一段时间。等到朋友终于完成了任务，重新站到讲台上时，台下的学生却开始了对她无休止的抱怨和讨伐。

有学生指责她逃避责任，对他们不再像以前那样呵护备至；有学生训斥她只顾得自己评职称的私事，丝毫不在意他们在毕业即将来临时的慌乱；有学生控诉她去学生宿舍少了，不知是怕浪费时间还是唯恐他们给她添什么麻烦；也有学生干脆说她不称职，如果工作忙，还不如辞掉这个班主任算了。

朋友的脸青一阵，红一阵，不知道他们这样的批斗会，何时才会结束。后来是一个男生站了起来，总结性发言说，就这段时间而言，他们觉得朋友还不如那位代职的领导更称职合格。他还引了一个例证，说一次他们要制作一个宣传板，需要校长的一句"箴言"，可是他们在白天四处找不到校长，是这位领导晚上特意为他们打电话，求来的校长箴言。男生特意强调，换作是朋友，不知会不会拿理由推掉呢。

朋友哑然失笑，在这群学生拿这个领导和她相比的时候。她并不是不接受这些学生的批评和意见，但是他们竟然拿这样一个经常给同事穿小鞋的领导与她作比较，她不能不感到难过，为自己的一腔热情不过是因为两个月的忙碌，便被学生们所淡忘；更为这群学生辨不清人的真实面目的单纯而感到心寒。

那个领导，在学院里出了名的刁蛮且自私，尤其是对待那些有才华的年轻老师，他更是摆出一副老资格的模样，对他们想要出人头地的欲望，毫不留情地给予打击和压制。一次一个同事本来完全有资格评选副教授，可是在进行审核的时候，他硬是以其中一篇论文含金量不够，而将之剔除在名单之外。虚伪、小肚鸡肠、精于算计、狡猾、嫉妒心重，几乎在所有年轻同事的眼里，这些词汇拿来形容这个领导都不为过。可是偏偏这些学生，视线看过去的时候，只认出了"人"字的一撇，那相反方向走去的一捺，却被阻挡在校园的门槛之外。

朋友很想告诉这些激愤控诉她不称职的学生，"人"字写来是再简单不过，一撇一捺，没有弯折，没有沟壑，宛若一个路人，没有悲喜，亦看不清内心起伏，就那样在暮色里平静走着，余晖洒落下来，将之温柔环住，看上去似乎完美无比，可是那个隐在一撇一捺里的心，却不是他们眼睛所看到的那样明亮且生动，不经历世俗的击打和蒸烤，他们不过是眼睛明亮的盲人。

但朋友终究没有这样说教，她想其实用不了多久，走出校园的他们，就会懂得她的那些被他们过滤掉的真诚与热情。

有爱不觉天涯远

▶ 文 / 庐江布衣

> 如果说爱情使人忧心不安的话，则尊重是令人信任的；一个诚实的人是不会对人不敬的，因为，我们之所以爱一个人，是由于我们认为那个人具有我们所尊重的品质。
>
> ——卢梭

我不知道，从湘西的凤凰到安徽的庐江，是怎样一段漫长的距离。在交通异常不便的 30 年代，一个裹着小脚的女子，是怎样一步步走完这一段完全陌生的路程。

这个女子，是我远房的一个舅奶奶。1932 年，在湘西当了十年学徒的舅老爷回到了阔别多年的故乡安徽。一个月后，二十岁的舅奶奶，一个蓝头巾包着两件旧衣服，寻上门来，显得那么唐突。好在舅老爷一见她，就像找回了自己的魂似的。三五个邻人，一坛自家酿造的米酒。第二天，就成就了这段姻缘。

我问过舅奶奶，湘西远吗？不累吗？就不怕吗？

没想过那么多，就觉得快点走，就能见到你舅老爷了。

日落西山，有斑驳的阳光落在舅奶奶的脸上，慈祥而安定。

辞家别国，远涉山川，将生息几十年的故乡抛在身后，为的，不过是一个没有任何名分的男人。当她出发的时候，甚至，连一句他的承诺都没有。那遥远的路，其实有着太多的未知与坎坷，都来不及想了，因为眼前心上，全是他。

几十年来，舅老爷与舅奶奶相濡以沫非常恩爱，如今，早已儿女满堂。用乡里人的话说，是个有"福"之人了。只是，我常想，万一舅奶奶被辜负，这一千多里的归程，又何去何从？

今年六月，友人唐诗诗去广州，我去送她。已是初夏，唐诗诗单衣长裙，正好风采。她在县委组织部工作，人人羡慕的铁饭碗，父兄在当地都小有声望。这次，唐诗诗辞了工作，知道的人都很惋惜。

网恋一年，相处两年，是该开花结果的时候了，唐诗诗是这样说的。

也说不上什么不对，因为，在那繁华的广州，一个情真意切的儿郎，已经布置好婚房在等她了。

挥挥手，唐诗诗就走了。大风卷起她的裙角，我忽然觉得她有点孤单。

血浓于水的家人，自小玩大的伙伴，那么多的同事，那么多的朋友，加起来，竟及不上一个他。唐诗诗走了，那么决绝与迫不及待。仅仅，为一句爱的承诺。

广州，那个灯红酒绿的世界，充满了多少诱惑，万一，唐诗诗的爱情半路夭折，她上哪去寻这么好的工作。往好处想吧，小两口拌嘴了，想到母亲的怀里大哭一场，也难啊！除了他，广州的一切，她是多么陌生啊，逢年过节，会不会顿生天涯零落的感怀……

如果说这是一纸合同，那么唐诗诗是绝对的弱势，没有任何的保障。男方那边只要生了差池，她就会损失惨重。

或者，是我太多虑了吧。

女人，都是一颗风中漂泊的种子。毕生的漂泊，只为了一个爱的承诺。一旦有了，就抛家别国义无反顾，甘愿去一个全然陌生的城市。而所有曾经的一切，轻易地就被丢在身后。

男人四十不谈情

▶ 文 / 卓然客

热得快的爱情，冷得也快。

——威瑟

情之一物，少年时，憧憬萌动；青年时，荡气回肠；可是猛一抬头，过了四十，忽然的，再也不谈情事。好比看到一池鲜活明媚的好水，十七八岁的半大孩子，大可满心欢喜地奔过来，脱掉上衣裤子，白花花亮生生的屁股一闪，跃入水中，游鱼一般，嬉闹开来；但是，一个四十岁的男人，却只能用欣赏的眼光，看一看水清浪细，莲动渔舟，或是拍几张赏心悦目的照片，下水厮混一把，已不合适。当然，也有个别胆大的，月朗风清，瞅瞅四下无人，小心地滑入水中，也奢侈一把，却不敢太过尽兴，怕搅起水声，惊了路人。这好比婚外恋情。

大多男人，一过四十，就把一门心思，分成十份。三份事业，六份妻儿，只留一份闲情，看看山色湖光，世上人情。于情事，已不敢奢谈。

四十岁的男人，偶尔，也会引得一两个青春年华的女子无限遐思，动了真情。此时，男人是万万不敢认的。面对迷离的眼神，暧昧的关怀，只装作没心没肺的无知无觉。碰上人家姑娘用语言试探，只能笑笑，你这丫头又寻我开心。真要遇上执迷不悟一往情深的，只能送上一句"恨不相逢未嫁时"。只有自己知道，早过了那情深意动的青春年华，就如花一时、叶一时、风一时、雨一时。

少年时，铭心刻骨的初恋情人，也慢慢联系上了。网上相逢或电话中相遇，一声问候，柴米油盐地聊上几句，聊得最多的，已是孩子。也有触动感慨的时候，一声叹：你那时……对方马上打着哈哈，把话题又叉开。再聊，说些无关紧要的话，然后下线。逢年过节时，还会问候一声，也知道，经过这么多年岁月的肆意涂鸦，那个她，早已物是人非，但是，心中总有柔柔的一角，牵扯不下。或者爱还爱着，而情已逝去。

四十岁的男人，还能放眼向前，却已不关风月。多年的耳鬓厮磨相濡以沫，妻子已如一杯熨帖的老酒，红泥小炉，浅斟低饮；而婚外恋情，好比朋友相聚的一番豪饮，热闹一场，酣畅一时，完了，不免酒醉伤身，情多伤心。

偶尔，也有动心的时候。会有一两个聊得来的女同事，下班后，灯光轻柔的咖啡厅一坐，喝茶、听歌、畅谈、浅笑。会发现，她真是个精致动人的女人，那种动心的感觉会很舒心，相视一笑，顾盼生辉。完了，记得回家，走到楼下，就看见家中暖暖的灯光，然后钻进被窝，和妻子好好地疼爱一把。

守着一家老小，两三知己，三餐无忧，四季轮回。四十岁的男人，观情事，如赏一幅画，会心一笑，回味数天，仅此而已。

有一种爱，只能遗忘

▶ 文 / 卓然客

> 人生下来就是为了爱；爱是人生的原则和唯一的目的。
>
> ——迪斯累利

在那年华如玉、青葱似水的岁月里，总有一个人，你会深深地爱上，然后，再用长长的一段时光，来淡淡地忘。就如一树繁花照水，再美艳，再芬芳，也只有一季，凉风乍起，注定花落无痕。

朋友是情种，十七岁，一本书、一支歌，就能演绎成故事的季节，他爱了，一个旁人看来朴实无奇的女子，成了他心中唯一的天使。朋友吹的一管好箫，露冷月白之夜，常有他的箫声在校园中缠绵。"梅花一弄断人肠，梅花二弄费思量，梅花三弄风波起，云烟深处水茫茫……"始终不变的曲子，优美怆然的旋律，半个校园的人都懂了，那个女生，却偏偏地无知无觉。

再以后，毕业时，朋友坚持自己最后一个走，所有的同学，他一个一个地送。每送一个同学，他便落一次泪。送到她时，站台上，朋友号啕大哭。或者，经历十多场送别，不过为了名正言顺地送她。

汽车开过了老远，还看见，他在站台上挥手，如一株落叶萧萧的木，在风中招展，好瘦！

一转眼，十二年过去了。在网上，又碰到了朋友。朋友说：忘了，终于忘了，只是我没想到会是这么一段漫长的时光，整整十二年。淡淡的语调，不知隐了多少柔肠。

世上的初恋，都是用来伤怀与忘却的。携手人生的，有几个能是怦然心动一眼相中的那个人呢？

在找到命中注定的那个人之前，注定了会有一段伤怀的故事，就如一场大戏之前，会有一段序幕；一桌大餐之前，会先上几个冷盘。没有谁能躲得过，逃得脱！或者，就算能躲，只怕也无人愿意错过这一方伤怀的风景。虽然酸楚，却也正因了它，这人生，才完整。

只是这长长的，一段用来忘怀的时光，最断人肠。这之间，有多少千回百转，露冷霜寒，只有自己知道了。

我问过朋友，还记着她吗？记着，怎么会忘呢？十二年的悠悠岁月，正当人生锦年，因了她，才双眸带恨雨雪纷纷……

但是终有一天，还是要忘了。执子之手，与子偕老，迎来人生的另一段风景。

说忘了，其实也没忘，只是少了当初的凄楚。再忆起，就像是看一幕黑白的老电影，纵有伤怀的音乐，感叹的情节，自己却已经是一名局外的看客。黯然地看着，就像是欣赏别人的故事。

十二年了，才终于锻炼出一颗不再喊痛的心。

年少情怀，如诗如画。谁是谁的风景，谁又是谁的天涯？

当一轮圆月升上山头，不由恍然忆起，那一年，我真的，好爱你……

年华因你而寂寞

▶ 文 / 卓然客

> 爱情赐予万事万物的魅力，其实决不应该是人生中短暂现象，这一道绚烂的生命的光芒，不应该仅仅照耀着探求和渴慕时期，这个时期其实只应该相当于一天的黎明，黎明虽然可爱、美丽，但在接踵而至的白天，那光和热却比黎明时分更大得多。
>
> ——车尔尼雪夫斯基

生命中，总有一些人，他们流星一般划过我们寂寞的夜空，华美中透着幽幽的凉，让我们不能忘，也无法留……

那是江南，那风醉，那水美，那小船静静地滑过粼粼的湖面。那时的她真是年轻啊！跨过这段桥，穿过几行柳，蓦然地，就看到了他。他斜倚在一棵柳树边，修长的手指夹着烟。目光中有雾一般的迷离，一朵流云，从湖的远处飘过。一刹那间，她心中柔柔地一动，她知道，一个美好的故事开始了。

"嘿，我叫莫语。"她故作镇定地打着招呼。

他，抬起头来，微蹙着眉头。那目光中，淡淡的冷，微微的凉，似有一把薄凉的剑，缓缓奔来。

她涨红着脸，不知所措。

他却笑了，一笑就露出细细洁白的牙齿。他笑起来真好看。她的心中，有一头欢喜的鹿，轻轻地跃动。"划船吗？"他温和地问。她想都没想，就使劲点了点头。

一艘古典的乌蓬船，长长的、细细的。她握着木桨，那桨，重而旧，有着古典的美与凉。而他，立在船头，唱着一首徐小凤经典的曲子，深情中含着幽凉，优美又透着沧桑。盯着他的背影，她有一种错觉，自己仿佛就是千百年来采莲的姑娘；而他，就是策马而来昂首吟诗的青衫客。

低头弄莲子，莲子清如水。她心头涌起一种异常乖巧的感觉，在他面前，她愿意低到尘埃里。

他弯下腰来，拨开清清的湖水，洗了洗手。她觉得，他的手就像拨在她的心上，柔柔的，让人生出向往。

良久，他转过身来。目光中，有微微的凉一闪而逝。他笑了，一刹那间，春天来了，有大朵大朵娇艳的花，开满了她的整个世界。他温和地问她，学生吗？在哪读书的？喜欢什么书啊？她一一回答。时间不长，她便放松了，有意的，她将小女孩的乖巧与青春尽情地展示在他面前。他舒了眉梢，发出爽朗的笑声。

她也问他，你叫什么名字，在哪工作啊？怎么一个人逛公园啊，女朋友怎么没陪你呢？最后一句，还没说完，她已羞得满脸通红。

他呢，一句也不回答。坏坏地、定定地看着她："丫头，问这个干什么，你不会是爱上我了吧？""说啊！"她索性撒着娇。

他微蹙了一下眉，目光中，那微凉的剑一闪而逝。他转过身，不再说话。她愣住了，看着他的背，像对着一堵冰冷的墙。

船很快靠了岸。他抬步上岸，沿湖堤默然行去。留她，呆立在船头。一湖的风，凉凉的，卷着她清扬的秀发。

行到转角处，他回过头来。隔着那么远的拂堤杨柳，她看不清他是什么表情。一秒钟后，他转身，没入如烟的柳林。

很多年过去了，她再也没有见过他。只是，她再也不能爱上别人。年青的，她嫌青涩；成熟的，又嫌老气。冥冥中，只有他张弛有度恰到好处，轻易，就摄了她的魂魄。别的人，再便入不了她的眼。三十岁的年华，满是寂寞。

她常常梦到他。在梦中，依然是一湖粼粼的水，她是千百年来低头含羞的采莲女，他是策马而来吟诗长啸的青衫客……

一个人的坚持

▶ 文 / 余显斌

> 一个人做事，在动手之前，当然要详慎考虑；但是计划或方针已定之后，就要认定目标前进，不可再有迟疑不决的态度，这就是坚毅的态度。
>
> ——邹韬奋

我 17 岁时，他 19 岁。那时，我们是同学，是学校闻名的"两支笔"。

我 21 岁，他 23 岁，我们师范毕业，成了小镇同一所学校的教师。

在小镇，我遇见了自己心仪的女孩，含羞带娇，是一朵天然的百合花，开放在临水的一个商铺里，经营着一爿小店。于是，教学之余，我就会钻进小店，经营起自己的爱情，也经营起小店的生意。他呢，依然初衷不改，喜好文学。白天教书，晚上写作，稿子一篇篇发出，文章一篇篇见报，成了县里有名的文人。

生活，不会总是直线，有时，也会弯曲。

不久，他调走了，一床被子，一箱书籍，去了一个偏僻的山里学校任教。那地方，我去过一次，是一个很闭塞的地方，白屋粉墙，"只堪图画不堪行"。他仍然教书，写文章，游山玩水，过着古代文人笔下的田园生活，从来不去经营自己的人际关系。

我，依然在小镇经营着自己的小店、自己的日子。

他再调回来时，已经是几年后了。回到小镇，他依然是一箱书籍，后面，是他的妻子，一个眉眼如画的少妇。他没有多大改变，唯一变化的，是鼻梁上多了一副眼镜，身上的书卷气更浓了一些。而我，领着一份教师薪水的同时，已经拥有一个不小的商店。

我们后来的分别，则是由于市重点中学的招聘。

市重点中学，离我们学校二百多里。既然是重点中学，毫无疑问，无论是资源还是教师福利，都远远优于普通中学。

教师不是圣人，我不是，他也不是。我们都加入到了应聘的队伍中。

当时，他信心十足：他是市里有名的文化人，又是市政协委员。应聘被招，非他莫属。

大家也都这样想。但是，结果却出乎意料：我们同去的几个人都应聘成功了，而他，却落聘了。

他很沮丧，也很惭愧，一直到第二年招聘，为鼓励他再次应聘，我才揭穿了谜底："现在的招聘，谁看才？都是看'财'。"我把财字咬得很重，提醒他。

他听了，愣了一会儿，然后坚决拒绝了我的好意："人，总得有个道德底线。做教师的都这样，怎样面对学生？"我苦笑，十几年过去了，他仍是校园里当年那个青葱的少年；而我，已成熟老练得连我自己也不敢相认了。

生活，总是这样，让人无奈地改变，又让人反躬自省，难以心安。

带高三的那年，学校之间的竞争十分激烈。一天，学校领导来找我，特意告诉我：上学年，他在普中带高三，带得很好。他的班上，除一部分考上大学外，还有一部分成绩不错的复读生。

今年，他担当着复读生的班主任。

领导的意图，明显不过——把那些复读生挖过来。

我虽觉得这样做不地道，但也无奈，还是去了。

以我的鬼精明，挖他的墙脚，还不是易如反掌。几天暗地里活动，他的学生中，有很大一部分都答应跟我走。大家大概都觉得不好意思和他说吧，商量的结果是先走，然后再给他打电话，告诉实情。

走的时候，是个雨天，我特意雇来一辆公交车。

我们准备走时，他来了，打一把伞，来送行。

一切，都在他眼底。

我站在那儿，红着脸，很惭愧。

学生们也低着头。

他笑笑，很豁达，说："去吧，如果你们觉得这样对你们的发展有利，就去吧。不过，无论走到哪儿，都要注意身体，好好学习，不要让我失望。"

他的眼圈红了，孩子们的眼圈也红了。

然后，他走近我，拍拍我的肩："孩子都交给你了，一路小心啊！"

车子走了好远，回过头来，看见他仍立在细雨中，静静地、孤独地、落寞地、倔强地站着。

有个学生说："我们的老师真可怜！"一句话，车里响起了一片啜泣声。那一刻，我的眼圈也红了，为他，为我，也为了孩子的话。

射中良心

▶ 文 / 余显斌

命运就是对一个人的才能考验的偶然。

——蓬皮杜

漫川在万山丛杂中，是个小镇。小镇东边，是一座山峰，山腰上有一带粉墙黛瓦，也有钟声传来，在向晚的光中，当当地响。

这儿，有一座寺庙，叫南岩寺。

那时，是个乱世，土匪时常出没，不只是抢民家、抢官府，也抢寺庙。南岩寺也受到过土匪们的"光顾"：一次，土匪们没抢到东西，很扫兴，一把火将南岩寺点起来，若不是和尚们救得快，偌大一寺，只怕已经烧为灰烬了。

南岩寺方丈空禅师迫切地感到，寺里应组织一批僧人，练武自保。

和尚不缺，可缺教练。

空禅师决定，向外面聘请教练。

一日，有一个汉子上门，一脸胡子，背着个斗笠，进门一作揖，自我介绍叫龙海，十八般武艺样样精通，尤其祖传箭法，百步穿杨，百发百中。

空禅师让茶，然后数着念珠，半天问道："你知道张一刀吗？"

龙海点点头，张一刀谁不知道？他是此地方圆几百里有名的大盗，仗着一柄刀，领一群土匪打家劫舍，这家伙射得一手好箭，说射你左眼，绝不射右眼。只是，很少有人见到他本来面目，他抢劫时，总是以黑巾遮面。

最近，张一刀不知怎么的，看中了南岩寺，想霸占这儿，落草为王。所以，就给空禅师来了一封信，让空禅师交出寺院，不然，就血洗寺院。

这也是空禅师组织僧人，聘请教练的原因。

空禅师说出张一刀的名字，关键是为了点醒龙海，你估量一下，看你的能耐有张一刀厉害没有，如果没有，趁早算了，别枉自送了性命。龙海大概也看出空禅师的不信任，笑了笑，拿过一个僧人手中的枣木棍，舞得风车一般，呼呼地转，然后，让两个僧人朝他身上泼水，结果，身上没有一点水星，唯有鞋上湿了一点。

龙海一笑，说是吗？再仔细看看。

大家听了，靠前一看，原来是鞋子上面破了个小洞。大家不由得鼓掌叫好。

但是，空禅师仍皱着眉说张一刀的箭法太高明了，仍怕龙海对付不了。

龙海撇撇嘴，不屑一顾道："你放心，有我在这儿，张一刀不来便罢，来了，我只须一箭，让他从此不再说话。"龙海不这样说还罢，这样一说，空禅师更是大摇其头，不想聘用他。

正在此时，只见空中一只鹰飞过，追赶着一只飞鸟，不一会儿抓住了，空中羽毛纷飞，惨叫声声。龙海一笑，抽一支箭，搭上弓，扯圆了，喊一声"着"，在众人惊叫声中，两只鸟儿一起落下来，掉在空禅师面前。空禅师见了，连声念阿弥陀佛，道："一箭两命，罪过啊罪过。"

原来，空禅师怪龙海杀生。

如果不是其他和尚纷纷求情，当时，空禅师就会让龙海下山。最终，看在大家求情的份儿上，空禅师才勉强留下他。谁知，那天下午，龙海的箭就派上了用场。

下午，突听一声唿哨，一群土匪冲到庙外，一个个举着刀枪，杀气腾腾的，放出话，让庙里交出财物，不然，一把火烧了南岩寺。龙海听了，高兴了，毕竟英雄有了用武之地啊。他拿刀挟弓冲了出来，一抬眼间，看到一只苍蝇落在当头那个土匪头子的鼻尖上。这个家伙挥动着手，赶了几次也没赶走。龙海一笑道："兄弟，别动，我给你赶。"当苍蝇再次落在那人鼻尖上时，龙海一侧身，拉弓放箭，喊声"着"，一支箭贴着那人鼻尖飞过，那只苍蝇不见了。

那群土匪发一阵呆，叫了一声，一哄而散，跑了。

空禅师见了，走过来，连连宣着佛号道："阿弥陀佛，居士，你过关了。"

龙海疑惑地望着他。

空禅师满眼慈祥道："箭是死的，良心是活的，你没射他们，有佛心啊。"空禅师拉着他的手。然后，长叹一声："人不是走投无路了，谁干这个啊？"

龙海呆呆地站在那儿，然后突然跪下，道："大师，我——我就是张一刀啊。"

原来，张一刀给了空禅师信后，听说空禅师聘请教练，指导武僧，他马上想出一法，改名龙海，试图去当上教练，然后里应外合，夺下寺庙。当空禅师不想让他留下时，他想出一法，即捎信让手下人来冲击寺庙，然后自己作为一个保护者出现，这样一来，还怕空禅师不留他？

他当然不能射自己的兄弟，而是灵机一动，射中苍蝇。他却没想到，空禅师用一番慈悲语言，却射中了他的良心。

不久，他解散了手下，只身来到南岩寺出家，拜在空禅师座下，佛号智藏。

瓜 棚

▶ 文 / 余飞鱼

> 千教万教，教人求真；千学万学，学做真人。
>
> ——陶行知

女人看瓜。瓜田不小，夏季的瓜叶，水一样漫过。一眼望去，绿乎乎的，没有边沿。风吹过，瓜叶翻转，于是，就出现了一个个小小的波浪，绿色的波浪。

虽然在夜里，女人仍看得清，那是西瓜。

今年气候好，瓜也好。

男人离世后，女人日子过得恓惶，上有老下有小的。女人哭过，抹过了泪，承包下了这块沙地，种了瓜。春天的风一吹，瓜秧就一天天长大，一个个小瓜，就闪烁在瓜秧中。现在，瓜已经脑袋大了。

瓜圆，也绿。

瓜上蒙着一层灰色。

漫河的西瓜本就很甜，爽口，加上今年水分足，一刀切开，红红的瓤子，黑色的瓜籽，湿漉漉的，馋人。

女人看人吃瓜，心中也渗着瓜汁儿，甜润润的。

女人卖瓜，但绝不缺斤少两：自己地里的东西，抠那么紧干啥？甚至，村里人干活路过口渴了，女人也会摘一个瓜，切了让人尝尝。

男人离世后，村里人没少照看自己。

本来，女人不想去看瓜的。可是，王姐却说，瓜妹子，不看，会有人偷的。

女人一笑，没人偷。

真的，在小村，女人已经当了五年媳妇。五年里，别说丢钱，针头线脑也没丢一个。王姐说，看着吧，宁可防其有，不可防其无啊。

婆婆也这样说，其他人也这样劝说。

于是，女人就来了。

反正没事，看看瓜也是蛮好的。

三根树杈一搭，茅草在上面一铺，一个瓜棚就成了。一个人有点冷清，女人请王姐做伴儿。王姐嘻嘻哈哈地来了。晚上，风很轻，饱含着远处花草树木的清香吹来，嫩嫩的。月光如一片儿薄冰，银亮银亮地照着。

两人做着针线活，聊着闲话，叽叽嘎嘎的。

拉着一个灯泡，挂在棚顶，和月光一样明亮。

四边虫鸣，如一朵一朵的花儿，散散漫漫地开着。

王姐坐久了，脖子酸，要出去转转。可是，出去了一会儿，又赶魂儿一样跑了回来，结结巴巴道，有……有贼。女人抬起头，漫不经意地问，在哪儿？王姐白着眼说，哪儿？瓜田里啊。

她不信，摇摇头。王姐说，不信？去看看啊。

她放下鞋底，出去了。

王姐在后面跟着。

她脚步儿快，几步走到田边，咳嗽了一声。王姐一听，惊问道，看见人了吗？

她摇头，没有啊。

王姐不满地道，那……咳嗽什么啊？

她一笑，嗓子痒痒的，不行啊？

王姐也四处看着，瓜叶绿得如一片海，在夜风里一波一波地翻动，有瓜隐约其间，在月光下躲迷藏一样。王姐揉揉眼，怪啊，明明有人啊。

怕女人不信，王姐轻声说，好像是朱根。

女人忙拦住，快别随便说呀，没有的事。

王姐不死心，指着那边道，当时就在那边。

王姐说着，走了过去。月光下，瓜地上隐隐约约有脚印。而且，有一处瓜蒂上无瓜，月光下还湿湿的。女人指着那瓜蒂说，就这啊？是我摘了的，今下午卖人了。

王姐嘀咕一句，我眼花了？

女人一笑道，怕是的。

两人不说话，慢慢往回走。虫儿鸣叫着，是当地一种称为土狗子的，在近处叫，在远处叫，细细密密的，如一粒粒露珠，亮晶晶的，叫得人的心里一片白亮。夜，在月光的漂洗下，也细腻如纱。

第二天，朱根的门外放着几个瓜，用草儿盖着，是女人放的。

女人知道，昨晚瓜田确实有人。

那个瓜蒂，也确实是别人摘的。

那人，女人看到了，就是朱根。当时，她咳嗽一声，是给朱根报信，让他赶快离开的：朱根也不容易，床上瘫着一个老娘，想吃西瓜哩，钱又紧缺。她想，送几个让老人尝尝鲜吧。

第二天晚上，王姐没来。女人一个人坐在瓜棚里做针线活，听到外面有动静，忙走出来，去了瓜田，瓜田里什么也没有。她踩着一地月光、听着虫鸣，再回来，棚内地上放着一沓钱。她疑惑地拿起来，下面写着：瓜钱。

她数数，一分不少。

女人拿着钱，望着棚外白晃晃的月光。

第二天，瓜棚拆了，女人再也不去看瓜了。

长达一分钟的初恋

▶ 文 / 明至尊

> 我要你知道，这世界上有一个人是永远等着你的，不管是在什么时候，不管你是在什么地方，反正你知道，总有这样一个人。
>
> ——张爱玲

十七岁，花娇水嫩，一个年青得让人怦然心动的岁月。

她，白净秀美，常穿着清澈如水的校服，笑的时候很是腼腆，让你觉得，有一朵白云从山头悠悠飞过。可是现在，她脸色如纸，躺在冰冷的病房，即将永远地告别这个美好的世界。一朵娇美的花，还没来得及开放，就已经凋零。

弥留之际，她双眼直直地盯着病房门口，急促地喘息，喉咙蠕动着，只能发出模糊的呼噜声。那眼睛里，分明透着一份期盼。医生说，她可能有心愿未了，或者是想见什么人，想想，有谁没来看她？

妈妈流着泪水回答："都来了，该来的，都来了。"爸爸说："一定是想她小姑了，小姑最疼她。"爷爷奶奶外公外婆小叔小婶，满满一屋的亲人，心痛而怜惜地看着她那张娇小的脸。

十多分钟后，小姑来了，一把搂住她，还没张嘴，已是泪流满面。没想到，她的喘息更加急促，挣扎着，似乎想抬头。原来，小姑挡住了她的视线。

妈妈伏在她的床头，泪如雨下："孩子，你想要什么啊？"

就在大家束手无策之时，她的弟弟来了，手里拉着一个怯怯的单薄男生。男生走到病床前，很局促地握住了她的手。阳光透过窗户照进来，温暖地映着他们青春的脸，纯美而羞涩。她的眼中掠过一丝欣慰，终于阖上了双眼，嘴角扬着一丝微笑。

这个男生，是她的同桌。他们并没有早恋，甚至连过密的交往都没有。最亲密的一次，是一帮男生女生去少年宫，他骑着单车带她。为了防止摔下来，一路上，她紧紧地抓着底座，他的腰，她看了几下，没敢碰。可是，未经人事，情感一片空白的她，弥留之际，他，成了她最深的牵挂。她选择了他，来弥补那绚烂的爱情缺憾。

"明天你是否会想起，昨天你写的日记……"多年之后，每当老狼的歌声响起，这个历经风雨已经结婚生子的昔日单薄男生，依然地，有想流泪的冲动。

此世今生，她，成了他抹不去放不下的追忆和感动。他说，她是他的初恋。因为，在那恍如隔世的青春岁月里，他曾是她最牵扯不下的深深牵挂；因为，在那长达一分钟的盈盈一握中，两颗年轻的心，曾那么柔美含羞地轻轻荡漾。

唯一的公主

▶ 文 / 明至尊

> 一见钟情是唯一真诚的爱情；稍有犹豫便就不然了。
>
> ——赞格威尔

爱的枝头，开了两朵花。一朵花，结果了，人们称它作婚姻；另一朵，却最终凋零在岁月的风中，人们称它作爱情……

这是一个宜人的午后，湿润的海风吹拂着长长的海滩和几棵高大的椰子树。几只大大的海鸟，在远处优美地盘旋。人潮涌动，游人如织。但是偏偏不经意的，一回首，就看见了她，她也看见了他。一愣之后，就是微笑。他笑容温暖，她优雅如初。

他很绅士地指了指不远处那个雅致的咖啡厅，发出了邀请。

还有什么需要顾虑的呢？无非是一个经年的好友，缅怀一段静好的流年。

三十岁，或许不能算老，但是对于有的事情而言，却早已经是尘埃落定的年华了。

一眨眼间，已经有整整十四年没见了吧。

十四年，对漫漫的人生而言，也许并不长，对于时间的长河而言，更是短短的一瞬，但是，对于一颗才三十岁的心灵而言，十四年的遥望与思念，却是太长了。

那时，他和她在一所中专学校相遇。他才十六岁，本也聪明伶俐，只是一见到她，就手足无措，面红耳赤，连句话也说不周全。有多少次擦肩而过时，他都低着头，逃跑似的快步走开，待她走远时，再抚一下乱跳的胸膛，对着她那美好的背影深深地凝望。一种别样的美好的情愫，就这样，如一朵花，悄悄地在心头绽放。其实她是明白他的心思的。十六岁，本就是一个年青得让人怦然心动的岁月，一书一桌，一石一木，都能引发无数美好的遐思。情窦初开的心灵本就敏感，何况是他那么暧昧迷离的眼神。其实，他每一次遥遥的深情注目，她都看在眼里，也隐隐有一丝甜蜜荡漾在心头。

但是她并不爱他。她心中的白马王子，是那么的潇洒不羁，大气飞扬，哪能像他那么局促木讷……

微笑、携手、落座、倾诉、聆听……他的目光悠远、宁静、智慧、干净。他的声音从容、淡定，有一缕抹不去的沧桑。十四年，他真的变了，变得沉稳而有魅力，就像一块璞玉，即使放在一个幽暗的角落，也静静地散发着晶莹的光华。

音乐如水，明朗的阳光穿过高大的落地窗斜射进来，柔柔地洒在他的面庞上。他目光坚毅，风度翩翩，侃侃而谈。

她笑言："当初，你要是有这样的风采，我哪还能抗拒得了。"

他光彩照人的面庞一下子就写满了凄伤，"因为太爱，所以局促。"他

的音调深沉而遥远，"在别的女生面前，我一直挥洒自如，妙语连珠。"

她原本优雅的内心，一下子被震撼深深地击中。她仿佛又看到了十四年前那个哀怨深情彷徨的少年，终于懂了那一份纯情酸楚的无悔情痴。

沉默，喝茶。完了，各自回家。

情已逝，爱还在，只是在岁月的红尘中，已化作斑驳淹没的淡淡一痕，遥远而酸楚。

那天晚上，她忧伤地对五岁的女儿说了一句莫名的话："你长大了，一定要尊重那些在你面前局促失态的男生。如果真的不能相爱，也一定要珍视，因为，不管你脱俗或普通，在他的心中，你是唯一的公主。"

谁能为你变卖家产

▶ 文 / 明至尊

> 我告诉你，爱神是万物的第二个太阳，他照到哪里，哪里就会春意盎然。
>
> ——查普曼

她的一生，情感多磨，孑然一身。六十岁时，得了癌症，即将不久于人世。回首自己落寞的一生，她找了一位律师，想把自己的巨额财富留给一位珍爱她的男人。

她回到国内，回到阔别多年的故乡，住进当地一家著名的医院。她的律师，为她设计了一道测试题。

律师给所有与她有过恋情的男人们去了一封信，包括她的两位前夫与数任男友。信中说，她得了重病，需要医药费近百万元，希望他们伸出援手，信后附了她的电话号码。一个月后，竟然没有丝毫音讯。她失望不已，心境凄凉。

她又去信给她大学的同窗，过去的员工，生意上的伙伴……同样的，

毫无消息。

她的病情一天比一天加重，心境一天比一天凄凉。此时，律师找到了他高中同学的联系方式，给她的高中同学每人写了一封信。

一个星期后，她的手机响了。嗓音陌生，但清晰地叫着她的名字，关切地问着她的病情，声音中透着难言的激动与颤抖。几天后，病房的门被推开了，一个老人一脸风尘地走了进来。眼中满是怜惜与不舍。老人拿出一张存折，二十多万，这是老人卖了房产倾尽所有才凑出来的。她仔细地想着老人的名字，没什么印象，却又似乎有这么一个同学。

她问老人为什么。老人的目光深情而执著。他说，因为爱，从十七岁，就开始爱，爱了四十多年，爱得深挚而无悔。本想，总有表白收获的一天，可是高中一毕业就断了音信，空让无数的相思默默凋零。

四十多年，一万多个日日夜夜，多少回风中凝望，多少回露冷浸衣啊。听着听着，她泪流满面，寂寞了一生的悲苦心灵，却在弥留之际，收获了一份漫漫四十多年的浓情。在老人深情的凝视中，她低下头，恍然回到了一脸红晕的少年时光。

此后的三个月中，他和她或执子之手，漫步夕阳；或咬耳私语，嘘寒问暖，仿佛相濡以沫了四十多年的夫妻，留下了许多温暖人心的暮暮朝朝。

三个月后，她去了，她是含着微笑离去的。他号啕大哭，哭完又笑，笑了又哭。最后，他擦干泪水，把她遗留的所有财富全部捐献出去。

他说，他的一生只活了三个月。

而她，又何尝不是呢？

有一种爱，感天动地，只在年少；被爱的，却未必知晓。但是，只要这一份爱真实存在过，爱的，被爱的，都是幸福的，也是幸运的；回首这一生时，都能坦然地道一声无悔。

信手推窗，偏见明月

▶ 文／朱笑寒

> 一切真正伟大的人物（无论是古人、今人，只要是其英名永铭于人类记忆中的），没有一个因爱情而发狂的人：因为伟大的事业抑制了这种软弱的感情。
>
> ——培根

西湖，是一湾瘦水。白石禅师的草庐，就在湖畔。

春花开谢，秋叶飘红。转眼，他已枯坐修行了三十余载，却不能悟。他的心中悲意渐浓，或许终此一生，他也只能做个凡僧。

一天夜半无眠，他披衣起身。无意中，伸手一推，窗户开了。蓦然间，只见一轮明月，饱满圆润，静静地挂在中天。那月光深情地照着大地，如水一样粼粼闪动。西湖一片波光，远山深沉静美。那满天繁星，深邃地闪烁……

一刹那间，白石禅师领略到了夜的深沉与大美。先是震撼、再是感

动；再后，是一种从未有的宁静；最后，他面色祥和，微笑不语。

当一轮红日升起，他嘴角含笑，端坐圆寂。

那一夜，他悟了。

那年，是在江南，一个古朴优雅的小镇。她十八岁，一个年青得让人怦然心动的岁月。

槐花纷飞如雨。在那落满槐花的山道上，她齐耳的短发，白衬衫清澈如水，牛仔裤湛蓝如梦，衬得她人比花娇。她回头朝他秀美地笑了一下。他们就这样认识了。

人生锦年，相逢未嫁。人生的种种相逢，还有比这更加美好的吗？

以后的几天里，他像个大哥哥似的，带着她去菩提洞，连心崖，独秀峰……走遍了山上每一条石径，看遍了山上的每一处风景。

离别终于还是来了，她很想洒脱地挥挥手，俏皮地说声再会，可是话到嘴边却化作了哭腔。就在转身的刹那，她泪流满面。而他，始终宽厚地笑着。

从此他们海角天涯，天各一方。她常想，离别的时候，只要他稍有表示，她就会毫不犹豫地陪伴他到海枯石烂、地老天荒。

是他不懂她的心思吗？不是的。多情如她，聪慧如他，又怎会不懂呢？

可惜，人生锦年，多志多梦，年轻的他轻易就将她错过。

而今，一切都逝去了。逝去了，便无法挽回。

红尘碌碌，人生匆匆。她也终于想通了：对爱，我们不要要求得太多，只要有过那么一段美好的经历，或者仅仅是一个极短的瞬间，就够了。这世上，又有什么能永远地留住呢？只要爱过并且无悔，这就够了。

只是她不知道，到了老时，坐在落叶的窗下，他想得最多的，却是她。想着想着，就无端地落下泪来。

这是一所清静寂寞的校园。中文系有位老教授姓方，满头银发，精神矍铄，整天慈眉善目的，一团和气，在学生中声誉很好。

那是一个阳光温暖的午后，几个学生相约去老教授家借书。都是些年轻的孩子，进门不久，就放肆开来。大家一边在书架上翻书，一边彼此打趣，清脆的笑声如春水一样，在书房里荡漾开来。老教授沉静地立在窗前，含笑不语。

忽然，一张发黄的照片蝴蝶一样翻飞着落在了地上。一个女生捡了起来，娇呼着："这是谁呀，真美啊！"由于年代久远，照片早已斑驳脱落，人物的面容已看不清楚。但是，那身段依旧轻盈婀娜，别有一种清新出尘的气质，让人想到盛夏浓荫下的一枝新荷。几个男生闻声，一下子就聚了过来。可是，还没等大家看清楚，老教授就已奔了过来，一把夺过相片。

老教授紧盯着手中的照片，嘴角抽搐了两下，那眼圈就红了。紧接着，大颗大颗浑浊的泪水就滚滚而下。同学们都惊呆了，不知如何是好！

老教授压抑地抽泣着，满脸深深的悲意。过了半晌，才有两个女生试探着地去劝老教授。慢慢的，老教授终于哭出声来。他伏在窗前的桌子，越来越大声，号啕着，像个无辜又无助的孩子。

就在大家面面相觑之时，老教授的夫人走了进来，温和地说："你们回去吧，他哭完就没事了。"阳光斜斜地照进来，映着老教授夫人的脸庞，知性而安详。

走在初秋凉凉的风中，这些学生年轻的心中有了莫名的伤感，仿佛有无名的叹息在天地间回荡。

没想到，第二天中文课，老教授准时来了。依旧是笑眯眯的眉眼，依旧是一团和气。讲课到得意处，老教授坚定地挥舞着手臂，脸上神采飞扬……

学生们坐在台下，想起老教授昨天号啕的样子，恍如隔世。

信手推窗，偏见明月。人生的际遇与无常，生命的大美与悲凉，很多时候，不因人情，也不唯事理，而缘于，一刹那间心灵与某种机缘的契合。

爱是一行铅笔字

▶ 文 / 朱笑寒

> 真正打动人的感情总是朴实无华的，它不出声，不张扬，埋得很深。
>
> ——周国平

丈夫没了，孩子才四岁，她的生活一下陷入了困境。洗碗、推销、摆地摊……半年不到，她就有了那个年龄不应有的憔悴与苍老。

他赶到她身边的时候，她正孤独地守着小摊。他是她的初恋，他定定地看着她，满眼的怜惜，一如当年。看到他，她隐忍多时的酸楚终于放声宣泄开来，任冰凉的泪水肆意横流。

单位里，他已经是个不大不小的官，他舍下脸面四下求人，终于，为她谋了个轻松又实惠的工作。他待她甚好，细心体贴得一如当年那位送花的少年。

他说，爱是一行铅笔字，擦得再干净，也会留下痕迹。

这句话辗转传到她的耳中时，她阵阵温暖。她的心，就如冰冻的池塘，在春风的细细照拂下，慢慢融化，涟漪渐起，最后柔波荡漾一片……

生活滋润了，她也慢慢精致起来。淡淡地扑上粉，细细地画了眉，巧笑如花，她又成了单位里的一位妙人。有人送花，有人约会，也有热心的同事当牵线的红娘，她优雅微笑，一一拒绝。似乎朦朦胧胧中，对他还有着期待，细思，却又不是。

因为，他有着一个幸福得让人羡慕的家。他的妻子，也不是一般的明艳。

他们常常会见面，他常会来她的单位检查工作。相逢一笑，他更显儒雅，她矜贵如初。只是他们都知道，今生，他们就如城外的那条护城河，是渐行渐远了。

如此过了多年，直到一天，他的妻子生病去世了。

她去看他的时候，他面如槁灰，仿佛一下苍老了十年。她心疼不已。

她开始细心地照料他，一如当年，他照顾她。她越来越体贴，他也渐渐舒展了眉梢。他的女儿，她的儿子，早已亲密得像亲兄妹。在家人朋友看来，他和她，早是水到渠成的一对。

只是他，越来越沉默。

朋友来为他俩凑合，她含羞不语，只是看着他。

只是他说，爱是一行铅笔字，就算还有痕迹，但要回到过去，却是不能了。他说得真诚，一脸愧疚。

她一阵心痛，心中默然。

半年后，他结婚了，一个小他六岁的女子，眉宇之间，与他的前妻，有三分相似。

她也终于嫁了。结婚那天，他送来了一大束的康乃馨，有如满天的繁星，闪花了她的眼。轻轻一碰，便有细细的花瓣，有如泪水，轻轻滑落……

第四辑

Chapter Four

唯美阅读

Weimei Yuedu

三米外的俗世生活

▶ 文 / 杨雨

> 万事不由人计较，一生都是命安排。
>
> ——谚语

我的书桌，正对着一扇窗户。隔着三米葱茏的绿意，则是一栋高高的楼房，我从来都数不清这栋楼，究竟有多少层，就像，我从来都窥不到，每一扇窗户里，究竟藏有多少无法说清的秘密。我所能做的，就是坐在这里，安静地等待，每一则故事，漫溢出芜杂纷繁的枝叶，而且恰好，神秘地抚过我的窗台。

楼房的每一扇窗户，几乎都被以防盗的名义，额外加铸了结实的钢筋，这样便可以向无人阻拦的半空，伸出半米的私人空间。在城市文明的视线，无法触及的角落，人人都学会将隐藏的"小我"，自由地舒展出来，并把所做的一切，视之为合理。

我可以看到二楼被绿树掩映下，多出的窗台上，有一只白胖的猫，趴在一盆蟹爪兰旁边，眯眼延续着夜间没有满足的某个春梦。虎皮兰在半空里，向上伸展着肥硕性感的叶子。一只鸽子偶尔路过，停在生锈的栅栏上，咕咕叫着，不厌其烦地扰着白猫的美梦。北方的阳光，伴着响亮焦渴的声音，落在窗前那株因无人看管，而索性只开花不结果的桃树上。

窗内的男人，大约有40岁，早早地就秃了顶，常常粗鲁地推开窗户，将一口黏稠的痰，啪地吐在香椿洁净的枝叶上。而这株倒霉的香椿，除了在风里无奈地摇晃一下，试图摆脱那样一口在阳光里迅速发酵的痰，或者等着某只麻雀，误食了它，再无他法。

这个谢顶的男人，有一个15岁的女儿，轻微的智障，常常在夜晚哭喊着，要她的父亲，去买新烤的羊肉串，或者冰激凌。有时候她也会跑到阳台上来，朝我这边眺望，并对于我在电脑上啪啪地打字，有羡慕般的好奇。我偶尔抬头看她，并拿同样好奇的视线与她对视。她常常会惊吓般地转身离开，砰地关门，然后在我看不到的窗帘后，继续她的窥视。

她歇斯底里哭闹的时候，客厅里只有一个苍老女人哄劝的声音，显然那是她的奶奶或者外婆。厨房里她的母亲，在不耐烦地刷着油锅，急急地做着晚饭。电视里新闻已经接近尾声，她的父亲，终于在她的吵闹里，起身，沉默地走到阳台上来，吸着饭前的最后一支烟。

男人吸烟的时候，视线无助地落在一株矮小瘦弱的夹竹桃上。那一刻的他，常常让我忍不住同情。我从他晾晒的制服上，猜出他是附近的交警，当是在外面，有无限的威风，遇到违章的车，不管其内的人，如何风光无限，都可以毫不留情地开张罚单，并在他们的苦苦哀求里，有始终如一的威严。可是，当他回到家中，面对俗世生活甩给他的残破的一切，却只有弃掉伪装的尊严，默默地接过。

三层的主人，是对刚刚结婚不久的年轻夫妻。窗户上喜气洋洋的囍字，还残留着几分鲜艳的红色。阳台上一字排开，是活得鲜亮生机的花，有明亮的太阳花、傲然的仙人掌、喜悦的茉莉、优雅的君子兰，而一株茂

盛的吊兰，则像瀑布一样，流到二楼的窗台上去。

他们有时候会争吵，都是鸡毛蒜皮的小事。漂亮的女主人会负气地跑到阳台上来，哭泣，或者静静地点一支烟，并不抽，只任它燃着，将那薄而轻的烟雾，丝丝缕缕地，随了烦恼，飘散开去。常常不等一支烟燃尽，男主人便会在她的后面，将她抱住，她任性又温柔地，挣扎几下，便回转过身，边捶打着他，边在他的怀里，咯咯笑着，进到卧室里去。

我喜欢这对年轻的夫妻，他们初婚的柔情蜜意，消抵了我对于二楼残缺生活的一抹黯淡。想那人生，有苦有甜，经过层层过滤，终究，是可以调和成一杯能安全饮用的水。不管这其中行走的人，是自私小心，谨言慎行，还是勇敢无惧，豁达大度，都能够透过小小的窗户，窥到外面世界葱茏的绿意。

我站在窗前，窥视着这一切的时候，这栋楼里，一直有因为装修，而持续不断的尖利的噪声。楼群间的空地上，那些于稀薄的泥土里，自由生长的树木，它们依然在这喧嚣嘈杂的黄昏，有着生命不可缺少的灵性与诗意。那一缕最后的夕阳，照在一株不结果实的桃树上，有一种终生未婚女子的圣洁与高贵。

噪声突然停下的时候，寂静像一脉清泉，缓缓漫过我的窗户，流溢到每一个黄昏中安静的角落。鸽子飞翔时的哨声，某个场馆里孩子练习跆拳道的健康的喊叫声，墙角小虫的鸣叫，鸟儿私密欢快的啁啾，马路上呼啸而过的汽笛，窗帘在风里像海浪一样扑啦啦地起伏声，还有雨后水泥地上，清晰的脚印，砖上盎然的一簇青苔，泥土阵阵扑鼻的清香，此刻，都如那水中的波纹，一圈一圈地，荡漾过来，一直将我的每一个细胞，都浸润在这湿漉漉的黄昏里，许久，都不肯踱步离开。

我站在窗前，窥视着三米外这方残缺但又真实的俗世生活，忽然心内，充满了无限的温柔。

生活也曾垢面蓬头

▶ 文 / 杨雨

> 人应当像人，不要成为傀儡，尽受反复无常的命运的支配。
>
> ——斐多菲

　　晨是我们这所艺术院校里，最让人羡慕且嫉妒的女生。不仅才华横溢，容貌也美，什么衣服穿在她的身上，都是恰好。老师无限宠爱，男生们亦是疯狂追逐。她从来对外人的吹捧都是不屑一顾，走在路上眼睛永远不会斜视，看人的时候，只是淡淡一瞥。这样淡漠的一瞥，几乎会将所有女孩子的骄傲，无情地打消掉。而且她竟是没有男友，据说不屑找我们疯狂迷恋的那些青涩男生。这让我们愈加地气短，携男友走过她身边的时候，都会微微地低了头，将那自卑隐到尘埃里去。

　　我们理所当然地便猜想，她定是生活在优越的家庭里，否则她的个性里，不会有这样鲜明的高傲和冷酷。直到有一年暑假，我为了学费，留在

距学校有七里远的一个服装批发市场里打工。来这里买衣服的人，大多是这个城市里，收入很低的市民。衣服已是价位极低，但每天还是会有因为讨价还价，而动怒甚至骂粗的店主和买家。这样琐碎无边的市井百态，我早已习惯，但还是偶尔会因为与这样一群喧嚣嘈杂的市民，为几元甚至几角的差价，喋喋不休，而觉出自己的黯淡和无助。

有一天快下班的时候，听见邻摊位的女老板，倏地一下子提高了嗓门嚷：买不起就别在这里凑热闹。60块钱两件衣服，还想去哪里找？！也就是快收摊了，否则80块我都不卖给你！长这么漂亮一女孩，站在这里磨蹭半天，就为5块钱，你不感到难堪我这卖衣服的都觉得没面子！

有些好奇，便走近了去看，视线刚一落上去，便火烤似的啪一下子跳开了。那个在店主和外人的不屑扫视里，满面通红的女孩，竟是一直让我们觉得卑微羞怯的晨！一直以为光鲜靓丽的晨，骄傲是从骨子里生长出来的，却原来，她只是用此，极力掩盖住生活丢给她的残破与不堪。

晨最终拿走了那两件衣服，以她丢掉平日里的尊严，而换取来的55元的价位。她以为在这样拥挤的市井里，无人会注意她华丽衣裙的下摆处，破损的一角，却不知道，无意中，竟被我窥去了爬满虱子的尴尬的衬里。

想起另一个熟识的人。是在笔会上认识的，那次笔会，他几乎出尽了风头。帮女孩子们提包、跑腿，给杂志社的编辑们热情地出谋划策；每到一处景点，拍下的照片里，也必是他笑容最美；开会发言的时候，他总是第一个，而且洋洋洒洒，让人不得不佩服他出色的口才；吃饭的时候，他的胃口最好，而且妙语连珠，给一顿饭，增添了不少的乐趣和滋味。

大家都在他的面前，因为自己笨拙的口才和黯淡的表现，而觉得遗憾。到快要走的时候，总编单独把他叫到办公室里去；他看我们一脸的嫉妒，笑笑，说，唉，没办法，人受欢迎了，挡也挡不住呢！我因为帮忙分发洗好的照片，没想那么多，就一头闯进了总编办公室。却没想，看见他正背对着我，蹲在地上，双手插进凌乱的头发里，低低地哀求总编：我真的没有钱，旅游的费用，能不能缓一缓？好像，你们还有一笔稿费，没有发给我，虽然不多，先交上这一点好不好？我不是真的装糊涂，实在是手头紧，600 块，真的是没有……

原来他是唯一一个自费来参加笔会的作者。先前他自己营造出的，那些绚丽的光芒，不过是一个华丽的影子，无意中转身，才现出那个在捉襟见肘里，躲闪不及的自己。

而生活，就在这样的时刻，脱落我们仰慕的光环，露出蓬头垢面的另一个侧面。

时光雕刻的花朵

▶ 文 / 杨雨

> 昨天是今天的镜子。
>
> ——欧洲

　　去位居中国最北的一个小城，正是冬天，天气预报里播音员在四季如春的暖气房里，一脸平静地特别说明，此地历史最低温度，曾为零下50多度。被南方气候宠惯了的旅者，在这样的天气里，会对滴答滴答缓慢向前的时间，产生恐惧。连带地对人生，也产生无助与空茫，像那天地间一脚踩下去，都找不到底的厚厚的积雪。

　　所以被娇宠惯的人，躲在房中，常会觉得整个天地都了无生命的痕迹。即便是有，一口气吹过去，也成了冰，融化的希望，渺茫无依。我也曾一度畏惧这样的寒冷，并不敢踏出门去。后来有一天，我终于勇敢地出了门，沿着小城一条安静的小路，一步步走下去。然后我便看到了那些争奇斗艳的花朵。

更确切地说，那是上天赐给的生命。它们一朵一朵，绽放在一家家商铺的玻璃门上，窗户上，或者日间的路灯罩上。甚至绽放在当地嬉笑奔跑的小孩子湿漉漉的头发上，或者俄罗斯姑娘在风里飞扬的辫梢上。冰凌花，这是它们被人类赋予的美丽的名字。那些小朵的，似羞涩的茉莉，悄无声息地芬芳着。那些大朵的，则在明亮的橱窗上，有喷薄而出的气势。我站在一家糖果店旁，看见那巧夺天工的绝美花朵，蕊丝如瀑布般，倾泻下来，一直飞溅到地面。我走近了，抬头仰视着这样在严寒中，不管不顾任性飞升或者垂下的花朵，只觉一颗心，被什么东西给震住了，就那样定定地站在人家店铺的门口，像个因痴迷糖果而不肯离去的孩子。

我想起春天里昂贵到常让爱情为之疼痛的玫瑰，它们被层层漂亮的花纸包装起来，犹如那些台上耀眼夺目的明星，除了做出一副惹人怜爱的微笑，别无选择。生命在它们身上，不过是几日的光阴，高价买下换回女孩一抹娇人的笑容之后，便到了凋零的时候。很多情侣喜欢情人节的狂欢，可我却独独在情人节过后，为那些被扔入垃圾桶中干枯的生命，而觉得感伤。似乎生命的意义，在世人的眼里，只是那片片晦暗的红色，高贵与低贱，不过是从橱窗到垃圾桶的距离。

而夏日里盛放的百花，倒也有生命的炽烈，无论是田间地头，还是人家窗台，或者迎宾大道的两旁，都是它们的足迹。这样肆无忌惮的铺排与繁盛，常常给人以拥挤窒息的盛烈之感，那样的压迫，让人想起对生命的惊叹与敬仰。至于那秋天，则一路萧条下去，眼看着那重重的菊花，压下来，除了感伤，却是无能为力。

世间许多的花朵，都是娇贵易逝的。所以它们无法在冰天雪地之中，傲然绽放给世人欣赏。只有那冰凌之花，于生命的最北方，在酷寒之下，凛然怒放。并将写意的温柔，与泼墨的大气，在透明的玻璃上，一一

尽显。

离开那个小城的时候，已是春天。积雪开始融化，冰凌之花，除非是早起，已经渐渐没了踪影。有一天我在即将逝去的稀薄的月光下，起身推门，又看到那些只属于北方以北的生命之花。此刻它们隐匿在微凉的晨曦中，依然努力地，将最美的花朵，绽放出来。只是花瓣重重打开时的声音，渐次微弱，听得到啪啪的轻响，犹如夜色之下，一个人穿了木屐，孤单地行走，没有灯，只看见那模糊的影子，一路忧伤地跟着，没有一句话。

这是春光里，它们最后的绽放。可还是看得到，生命的气息，雕刻在透明的玻璃上，与那瞬间的光华。

我们许多人的一生，常常抵不过一朵冰凌花的飞扬与炽烈。凌厉与温柔，如此完美地糅合在一起。更多的时候，我们看似有春夏花朵的奔放，却是在一场霜冻之后，便将那颓势与衰败，赫然显现。而只有那在寒风中，能从袖筒里，抽出手来，推门出去的人，方能于穿越时光的小径上，瞥见生命馈赠于自己的最美的冰凌之花。

世界在谁的掌心里

▶ 文 / 吉安

> 对于命运的变化无常，我们慨叹得太多了。发不了财的，升不了官的，都要埋怨命运不好。然而，仔细想想吧！过失还是在于你自己。
>
> ——克雷洛夫

刚入大学的时候，在人群里常常觉得孤单。世界好像突然变得大了，自己再也不是那个万人瞩目的中心。引以为傲的成绩，也变得可以忽略不计。昔日被老师们鄙薄的那些能歌善舞人士，似乎一夜之间，就升了值，走在路上，都是一派富贵腾飞之势。一群鹤们站在一起，自己这样自以为是的一只，瞬间黯然下去。而且，连并肩行走相互慰藉的另一只，也寻不到。世界就这样轻易地，转移到了别人的掌心里，自己则唯有焦灼不安失魂落魄的份儿。

学生阿雅就在面临与十年前的我，同样失去了重心的孤独感。她来自

一个位于遥远边疆的小镇，普通话有些蹩脚，常常一开口，就引来外人的笑声。她费了很大力气，差一点就将石头含在嘴里"冬练三九，夏练三伏"了，才终于有了一点起色，混在一堆人里，听起来不至于那么突兀刺耳。她很奇怪以前自己是想拼命尖着嗓子冲出那"鸡群"，成为一只地位显赫的仙鹤，而今却是因为这个缺陷，想要缩到一个安全的壳里，最好，是谁也看不到自己。

不过中学时那股子拼劲，还是让她想要在新的这片天地里，能披荆斩棘，重新立地为王。班里的同学很快地分离成两拨，犹如分明的泾水渭水，永远都不会相交。有不满高考结果的，到了大学，也是身在曹营心在汉，为了那个当初的奋斗目标，继续埋头苦读，只求 4 年后，通过考研一举成名天下知。他们常常以一副老成持重的表情，告诫阿雅，如果不走出去，待在这样一所不上不下的省城大学里，早晚人生也会变得跟路边的广告牌一样黯淡无光。

而那些对更高的学历毫无兴趣的，则为了工作，热衷于讨好老师，或者为了学生会的一个官职上下打点，一副争得头破血流也在所不惜的模样。他们给予阿雅的教导，则是世俗现实的，甚至听起来有些残酷。他们建议阿雅要在老师面前，学会奉承，懂得阿谀；而在学生会里，不管是学院还是学校，都要有等级观念，聚餐的时候敬酒，学生会会长的地位，丝毫不次于任何一个老师或者领导；如果怠慢，轻则影响个人在学校的仕途，重则让你在 4 年后迈出校园的时候，因表现不佳而寻不到好的职业，被远远地落在同学的后面。

阿雅夹在这样两股奋进的人群中，左右为难，不知将来是要考研，让人生上一个档次，还是为了工作，一路世俗下去。这样的问题没有解决，又有新的烦恼接踵而至。

来自西部的阿雅，同宿舍里东部区的舍友们，常常因为思维习惯的不同，而产生冲突。一次一个舍友在宿舍里大声宣布，明天中午请大家去吃麦当劳，大家都嘻嘻哈哈附和说好啊好啊，然后便各自忙碌，似乎，那不过是一件很平常的事。但阿雅却记到了心里，且为了这次吃饭，特意在第二天穿了最漂亮的裙子，还化了淡妆，然后一上午哪儿也没有去，耐心在宿舍里等候舍友的召唤。不想，左等右等，一直到了一点钟，也不见舍友的影子。就在阿雅想要不要电话催促一下舍友时，宿舍门打开了，舍友与其他人鱼贯而入，看他们手里提的打包的饭菜，就知他们没有去什么麦当劳，而是在食堂里饱餐了一顿。阿雅生了气，但又不好发作，私下里打听后才知，舍友不过是开开玩笑而已，知道这种随口说请吃饭习惯的同学，都哈哈一笑便忘掉了，只有阿雅认了真，等到饥肠辘辘，还没有任何音讯，并因这样有伤颜面的"欺骗"，而一个人大哭了一场。

阿雅在大一读完的那年，成功进入了学生会，成了宣传部的干事。尽管，只是在自己的学院里。很多时候，也没有多少同学将自己的这一官职当成一回事。甚至还当面开她玩笑，说，干事干事，就是一干杂事的而已。她偶尔迷茫，在老师们开会只记得部长们的名字的时候；或者，是曾经的朋友，因为官职比自己高了一级，便以命令的语气让她去做事的时候。她的成绩也是中等，似乎没有实力也没有精力，与那些一心想要走出去的同学比拼。两条路缠绕混杂在一起，阿雅突然间觉得自己没有了方向。

阿雅问我，为何自己有走在世界边缘的感觉呢？那个高中时被人宠爱光芒四射的女孩，跑到哪里去了呢？是不是人越向社会上走，就离中心的世界，越远了呢？

我不知道该如何回答阿雅的问题，刚刚毕业成为人师的我，也只能以

自己仅有的经验，告诉她，其实我们一直都在社会的边缘，我们所做的一切努力，不过是为了离世界中心的那点温暖，近一些，再近一些。昔日来自家庭的呵护，并不是让自己成为焦点，而是用亲情编织成的一张遮风避雨的网，隔离开世界，是我们的不知世事，误以为那里是阳光最盛烈水草也最茂密的中心。

　　阿雅对于我的解释，依然是不甚理解。她大约不知道作为老师的我，正遭遇着同样的困惑。我在讲台上是他们学生的中心，可是在职场上，我却与她一样，是一个小心翼翼却又总是手足无措的新人。世界是圆的，可我不过是那只在最外面的圈上，费力向中心攀爬的小小的蚂蚁，或者蜗牛。或许我刚刚给他们眉飞色舞地讲完一部话剧，出了门，就被领导叫到办公室，以我搞第二职业没有好好工作为由，派给我一门新的课程。

　　世界是在我们的掌心呢，还是在我们的脚底，再或位于我们风尘仆仆奔赴的前方，我想除了一点点地历经，让时间代我们答复，初入大学的阿雅，与初入职场的我一样，都没有办法，找寻到一个确切的答复。

年少情怀总是诗

▶ 文 / 朱笑寒

> 曾经相遇，曾经相爱，曾经在彼此的生命光照，就记取那份美好，那份甜蜜。虽然无缘，也是无憾。
>
> ——杏林子

人到中年，日渐坦荡从容，闲适得就如暖阳下偎着躺椅的老人。而往事，却像调皮的孩子，不时跑来揪揪老人的胡子，让人一疼，又幸福着。

那时，我才十七岁，一个年青得让人遐思的岁月。我深情地爱着一个女孩，她叫莫诗诗，和我一个小区。

相思了许久，终于按捺不住。在一个月色如水的夜晚，我大着胆子来到她的窗前。窗前，有一棵高大的梨树，正是四月，满树的梨花，深白动人。一阵风来，圆月高悬，花雨纷纷，美得就如梦境一般。附近的高楼，除了稀稀疏疏的几扇窗户亮着电视的白光，其余的，已是寂静一片。

莫诗诗的窗子，幽暗幽暗的一片。

我徘徊了很长时间，然后开始歌唱，是李琛的《窗外》。我唱得一般，

但是却极动情，真正是用心在倾诉。两遍，或是三遍之后，莫诗诗的房间灯光一闪，亮了。一刹那间，我的心怦怦直跳。我喊莫诗诗，她不答应我。

我开始倾诉，用电视上看到的，小说里读到的，尽一个少年能用的所有词汇，向她诉说着我的爱意。我越说越动情，多日来的相思苦恨，一时表露无遗。

而莫诗诗，始终一语不发。一闪，莫诗诗房间的灯，灭了。

周围很静，只剩下我的声音。我立在稀稀疏疏的月光下，固执地一句接着一句，我知道莫诗诗一定在听。说到后来，我潸然泪下。有凉凉的水气，打湿了我的发丝和衣袖。

"莫诗诗，今生今世，我一定要娶你！"最后，我抛下这句话，伤怀又懊恼地离开了。

行到拐角处，回头看，莫诗诗房间里的灯，亮了，又灭了。

从那以后，莫诗诗一见我，就红着脸低着头迅速跑开。

后来，我最终没能实现娶莫诗诗的诺言，大二那年，莫诗诗恋爱了，接着，我也恋爱了。但是直到今日，我仍然忘不了那个深情的夜晚，倒不是还爱着，只是不能忘也不忍忘，因为，那是一个少年最真最纯的初心，也是一个男人最纯美无瑕的记忆。

每年春节都要回家看望父母，偶尔还会遇见莫诗诗。她的女儿和我的儿子在一起玩得很投机，有时，还玩过家家。兴致来了，莫诗诗还会拿我取笑。你那时还真痴情啊！只是把我吓得不轻，谁半夜三更地乱叫啊？她咯咯笑得花枝乱颤，我呵呵一笑沉静不语。只有自己知道，曾经的那一份情有多深多重，而在她，已经淡成一件童年趣事了。

有许多往事，就如一汪清澈幽深的潭水，在灵魂深处一闪一闪地荡着波光，常于不经意中，让我们沉入其中，心魂俱醉。

谁在网上恶评了我

▶ 文 / 吉安

> 宽容就像天上的细雨滋润着大地。它赐福于宽容的人，也赐福于被宽容的人。我们应该学会对别人表现宽容。
>
> ——莎士比亚

在课堂上跟学生未完的交锋，常常就自动延续到网上去。当了老师后，上网必做的事，不再是搜索名人的八卦绯闻，改为窥视学生的博客或者微博空间。再或，去评师网上溜达一圈，看有没有人在上面对自己非议。实在是没事做了，还会人肉搜索，将百度词条里自己的名字，逐一看过去，总有那么一个论坛的帖子，会提及到自己。即便是匿了名，也能从语气或者近日上课时的蛛丝马迹上，猜出是哪个学生所为。实在猜不出，下节课上，旁敲侧击，也会从台下学生那不经意的诡异笑容里，看出个大致。

同在大学任职的朋友 D，提及评师网就常常抱怨，说，这网站侵犯了

老师的隐私权。凭什么自己就能任人在网上说三道四,百般指责。况且,那些泄愤的学生,很多不过是不爱学习的混混,因为自己考试不及格,便气咻咻地在网上将此门功课的老师贬损一番。反正隐了身,再怎么恨那厮,也抓不着他。想像课上一样,给他白眼,丢他粉笔,让他罚站,或者,更狠一点,期末给他一个不及格,那几乎是不可能。除非,你有孙悟空的本领,可以瞬间穿越网线,看一看那个 IP 地址掩盖下的人,有怎样的面容。

这让我想起身边一个还算有点名气的同事,某天心血来潮,建一百度词条,将自己获得的大小荣誉,一一晾晒出来,也算在网上做了次有迹可循的"名人"。半年之后,我搜索东西,无意中就进了同事的百度词条。扫了一眼,竟然在词条的最下面,看到一句话:经鉴定,以上为废话一堆!我想了想,该同事为人和善,人缘不错,算起来,身边没有一个同事,会写这样的恶评给他,所以唯一有可能的,只能是那帮常常让他头疼烦恼的学生。同事是个爱管闲事的老师,每次遇到他,要么是在打电话训斥学生,要么是站在大马路边上,跟一个逃课的学生理论。有时候还会激动地拽住我,让我一起跟着评理。每每看着那个被批得面红耳赤的学生,我便想劝劝同事,何必如此较真,他们的路途,终究属于他们,如果他们自己辜负大好时光,混得落魄艰难,这跟我们做老师的,又有多少关系呢。可惜还不等我找到机会,向同事劝谏,他就在网上,遭此学生的"黑手"。

我终究没有多此一"嘴",让同事难堪,况且,我自己在私人版本或者公共版本的"评师网"上,也不清白。一个学生在博客上,刻薄我说,此女教师上课语速飞快,也不知是抢着下课回家吃饭,还是前面真的有敌人在,好消灭了迫不及待给领导表功。还有学生,在微博里,这样提及:

每次美女老师眉飞色舞地讲到某个名人的时候，总会习惯性地，问我们一句，听说过某某某这个人吗？每每此时，她看似温和的脸上，都会流露出一抹对于我们无知的不抱希望的嘲笑。似乎，在跟一群对文学狗屁不通的小孩对话，尽管，我们中的大多数，的确对她痴爱的文学，狗屁不通。而另外的一个学生，则在评师网上，对我不冷不热地评价道：此师热情有余，但公正不足，常常揪住几个热爱学习的优等生，在课上狠喊猛叫。

我承认看到评师网上的匿名评论后，脸红得跟猴子屁股一样，恨不能立刻贿赂网上编辑，帮我"销赃"。或者，像淘宝网上的卖家一样，因为我购物后给了差评，而一而再再而三地打电话骚扰我，直到我不胜其扰，恶狠狠地将差评修正过来。可惜，我找不到那个从中作梗的学生是谁，而即便是找到了，反正已经修完了我的课，学生又怕我作甚？所以想想，还是罢了。

再去上课，看到那些对我满面春风的学生，便心里嘀咕，偶尔，会觉得他们小小年纪，就学会了戴上伪善的面具，让我永远猜不出，哪个学生在甜甜地给予我一粒糖果之后，一转身，跑到网上，就跟朋友们指责我哪句话伤害了他的心，或者，哪个观点，又让他觉得憋屈，无法苟同。所以我只能神采飞扬地讲完课后，等待着那些来自于网上的一只又一只的触角，将我林林总总的八卦隐私，一点一点，抓挠出来，一直到，网上网下，妇孺皆知。

而我，除了将自己练就成百毒不侵的金刚之身，在恢恢网络面前，无计可施。

逃离乡愁

▶ 文 / 吉安

> 向命运大声叫骂又有什么用？命运是个聋子。
>
> ——欧里庇得斯

第一次在语文课本上读到余光中的诗歌"乡愁"的时候，我还是个叛逆的小女生，对近在咫尺的故乡不仅没有怀想，而且还一心一意地想要离开。对于生长了十几年的小镇，我生不出任何的感情，只想着赶紧生出一双有力的翅膀，扑啦啦飞出去。而且父母亲朋也总在耳边吹风，说起那些走出小镇去见大世面的人家的孩子，一脸的羡慕，于是一脸青涩涉世不深的我，也被这样"走出去才是英雄"的观念鼓动着，一颗心离那小镇愈加地远。

我记得那时家族里有个叫轩的表哥，大学毕业后留在了北京，并在那里买房结婚生子。每次他回来，都会将所有亲戚逛遍，当然去哪一家都不会空手前往，总是带着这样或那样的礼物。不知道大人们是否盼望着每年他返乡来，和我一样的小孩子们，却是总会倒计时计算着他来的日期，那种迫切与期盼，比对年的渴望还甚。

小孩子盼望的当然是一份北京带来的礼物，那种裹挟着大城市味道的糖果或者饼干，在我们吃来，因为具有梦幻般的想象，便格外地甜。在我们心里，轩代表的就是一种都市的旋律，一种与可望而不可即的生活擦肩时的兴奋，一种背离小镇呼啸着冲向大城市的新鲜与激动。

我那时始终不知道轩在回来的时候，是喜悦还是为难，总以为看到他兴高采烈地回家来，便是真的归心似箭。在给这个那个亲戚献上礼物的时候，也是真心实意，毫不计较。我用一双不含丝毫杂质的眼睛看过去，轩的回归，如此地温情脉脉，动人心弦，优美得简直似一首朴质的民歌，一嗓子吼出来，里面全是浓郁热烈火辣辣的思念。

几年后我大学毕业，在衡量是回家乡还是留在城市的时候，全家人给出了异口同声的意见：当然是留在城市！母亲说，不为别的，就为能够在亲戚朋友间出一口气，也要留在大城市。当年轩的父亲因为轩留在了北京，在镇上走路眼睛都斜睨到天上去，以前去找他办事有求必应，现在则像个领导一样，非得等着别人送礼且说上一大堆恭维的好话才肯办事。还有那个轩，自从在北京升了职，见了人都怠慢了，去年来家空手就进门了，听说你叔叔家去都没去，不知是怕人家找他办事还是借钱，或者是人家根本就瞧不上我们这些穷亲戚了。

叔叔家的小弟更是直截了当，说，以后我留在了省城，他考过去读书也有了依靠，毕业后我估计也能有点小地位，还能帮忙给他谋个职位。父亲则说，你回来了就有无穷无尽的事情等你去做，有些人还得罪不起，否则非得在小镇上让你名声坏了不行。在大城市多好，又荣耀、又体面、又安静、又省心。

　　我是很久之后才体会到父亲话里的意思。那时候我已经有了一份不错的职业，也结交了一些能够办事的有能耐的社会各界人士，并因为替叔叔家的小弟办妥了找工作的事情，而在小镇上声名远扬，镇上人见到我的父母，便像见到了镇长，非要过去亲热地攀谈几句，并说如果我回去，一定要去他们家里坐坐，怎么说也要沾沾我的灵气，让孩子们全都朝我的方向去奔。而父母则在这样的夸赞与羡慕里，仿若自己有了荣华富贵，虚荣心得到了极大的满足。

　　但满足之后，那无穷尽的烦恼也一个接一个地来。每次回家之前，父母都会专门地交代，要至少买多少件礼物捎给邻居亲朋，礼物不必太重，但也不能太轻，否则会让人瞧不起，觉得我们家人小气。当然礼物也要根据人来分轻重高低，那些远房的，拿点糖果就可以，经常走动的亲戚则需要格外注意，不能厚此薄彼，在家族里落下话柄，惹来是非。

　　当我按照父母吩咐，将买来的大堆礼物一脸笑意地送给那些亲朋时，我发现我的心里并没有太多的喜悦，我只是像完成一个任务一样长吁了一口气，并因此有过度劳累后的疲乏。而走访之后的收获，并不是乡情的温暖，而是对这种过分热络的惧怕，怕每一张笑脸后面，都有一个问题，等着"神通广大"的我去解决；而一旦拒绝，带来的则是因为不理解而生出的冷漠言语。

　　我就是在那样的时候，突然地明白了轩对小镇的逃离与淡忘，明白他丰厚礼物的背后，原来是无法承受的乡情之重，明白了父亲的那句对大城市安静又省心的结语。

　　原来乡愁真是一张窄窄的船票，只是这头是我，那头是人情来往，我在霓虹闪烁的都市，望着安静的小镇，却始终不敢上船，渡过看不到尽头的这片俗世的汪洋。

年少总多情

▶ 文 / 朱慕尧

> 一刹真情，不能说那是假的；爱情永恒，不能说只有那一刹。
>
> ——三毛

青春，是一个斑斓的梦，只要梦醒了，至于梦中曾经有谁，或是，为谁曾洒下泪来，似乎都已不再重要。

故乡，是一个江南的小城。一条清粼粼的小河，穿城而过，蜿蜒东流。十六岁吧，每个露水清清的早晨，我就沿着河堤，走上三里路，来到芳草青青的校园。

初三那年，学业很重，我们天不亮就要从家出发，夜里十点才下自习归来。胆小的孩子是不敢独行的。于是，一个美丽的黄昏，她的妈妈领着她，来到了我家，让我领着她上学放学。这么多年过去了，我始终清楚地记得，她躲在妈妈的身后，闪着一双美丽明亮的大眼睛看我。一刹那间，

我的心中如寂静一潭碧水，有叮咚的一滴，击在心脏的边缘，引起广大空灵的回声。

以后，每天刚朦胧的早上，我就来到她家门口，她早已乖巧地等在那里。我嘿嘿一笑，转身先走，她呢，踩着碎步紧紧跟随。一般情况下，我们是不说话的。走着走着，我就想回头看看她，可是最终，还是不敢。或是腼腆，或是怕惊着了她。只是怀着一种美好的情愫，低着头，迈步快走。

那时，我是窃喜的，也是胆怯的。唯一的一次壮举，是在一个晚自习后归来的路上。邻班的几个男生，缠住了她。一个高瘦的男生拦住了她的去路，其他几个，站在一边哄笑。我过去护着她，没几句就打了起来。其实都是些乖孩子，跟我打的就那高瘦的男生一个，别的几个，都不敢上来。她吓得大哭，早有别的同学叫来了老师。

我的手腕破了点皮，她用洁白透着香气的手帕为我包上。我一点都不觉得痛，脑子里一直想着武侠小说里类似的场景，幸福得要死。

第二天早上，我来到她家门口的时候，她正捧着一个大大的红苹果："谢谢你啊。"我故作大气地一扬头："没事，以后他们要是再敢欺负你，你就告诉我。"那天早上，我们说了好多的话，比以往两个月加起来还要多。我告诉她我的理想，她告诉我童年的趣事，三里长的路，一晃就走完了。直到她扭过头来灿然一笑，小鹿一样跳进教室，我还意犹未尽，陶醉在一种极其美好的情境之中。

然而，还没等我把这一份美好酿成美酒，她就转学走了。

从她走的那天开始，我突然无比地思念起她来。一种特清澈特伤怀的情绪，浸透了我的心灵。露冷月白之夜，对着远方，时不时地落下泪来。没有人知道，一个内敛少年的心中，曾有着这么一段伤情的故事，日日夜夜，用泪水，浇灌成一朵无果的花。

　　走的那天，她送我的一张贺卡，我珍藏了多年。上大学时，我不在家，被弟弟弄丢了。为此，我遗憾了好一阵子。

　　年事渐长，才终于明白：年少时，总要青春萌动一场。我们爱上的，只是爱情，而不一定是特定的某一个人。但是，那种苦与恨，思与念，却是异常地真切。真切得，一生都不能忘。

满树槐花时

▶ 文 / 朱慕尧

> 年轻女子的爱情像杰克的豆杆一样，长得飞快，一夜之间便可参天入云。
>
> ——萨克雷

爱上他时，她才十六岁。

正是四月，满树的槐花，纷纷扬扬，花蝴蝶般舞了整座小城。连空气里，都透着清芬。她，捧一本书坐在窗边。

有人叫她，她抬起头来，是姐姐和姐夫，就站在学校的那棵老槐下。和风吹来，漫天花雨，姐夫衣角飞扬。正午的阳光温暖洁净，透过浓荫，照着姐夫笑容儒雅，目光纯净，就如一块璞玉，静静的闪着动人的光华。多年后，她承认，这幅画面，改变了她对男人的审美观。

姐姐为她理了理衣领，拉着她，向校外的餐馆走去。快到校门口时，几个女生娇笑着跑来，拿着几本文集，让姐夫题字。她看到，几个女生看姐夫的眼神，欣喜又羞涩。

姐夫写得一手好诗文，出过集子。又有好几个在县城中学当教师的同学替她吹捧，渐渐的，在小城里，有了点名气。

吃完饭，姐夫姐姐相依相偎地走了。

她站在那棵老槐下，目送他们。她想，如果偎依在姐夫身边的是自己，该有多好啊！

暑假里，她和姐姐姐夫一起去爬山。她一会儿挽着姐姐，一会儿又挽着姐夫。把头依在姐夫肩头，感受到姐夫身上的温热时，她的心里溢满了甜蜜。

大一那年，姐姐与姐夫结婚了。她站在楼顶看了一夜的星星。完了，她想，就让这段情缘从此随风而逝吧。

过年时，姐姐与姐夫回家了。半年不见，姐夫风度翩翩，更显光彩照人了。当姐夫细心地为姐姐夹了一筷子鱼肉时。她再也抑制不住内心的酸痛，急忙躲进房间，泪流满面。

年没过完，她就借口有事，逃回了学校。以后的三年大学生活里，她都没有回家。本以为躲过了，就不会再想，却不料情根深种，人渐消瘦。一忆起，就满心凄凉。

看来，这辈子，是舍不下他了。

她写了六大本的日记，字字句句都是对他的思念。寂寞时，她就拿出一本选一小节，读给自己听。读着读着，泪就滚滚而下。

28岁那年，她终于还是把自己嫁了。因为父母，也因为这个男友毕竟追求了她七年，也照顾了她七年。下定决心把自己嫁了的时候，她有点吃惊，本以为自己这辈子是不会嫁人了。

婚礼上，姐姐姐夫也来了。多年没见，她差点认不出姐夫了。姐夫腮

上长肉了，手指圆嘟嘟的，当他腆着肚子铿锵有力地从礼堂上走过时，怎么看都像个商人！哪还有当初清灵的风骨？

一时间，她有点恍惚，这么多年来，自己魂牵梦萦柔肠百转的就是他吗？

再看穿梭在人群中的男友，她的心中涌起了一份很温馨很体贴的感觉，先是涓涓细流，后渐汹涌，终成一条感动的江河，将她淹没。

人这一生，注定要在十五六岁年华如玉情窦初开时，爱上一个人。深挚、无悔、伤怀、心痛，甚至我们自己都认为，这一生再不会爱上其他人了。但是终有一天，我们还是会忘了他，在真爱来临时。

情真意切地爱上一个人，再用一段长长的时光去忘记。这是每个人必经的一段心路历程，是真爱来临前的一个前奏，就如大餐前上的几个冷盘，大戏开场时的一个序幕。

几天后，她把六大本的日记锁在一个小木箱里，钥匙，她扔到了城外的小河里。站在桥上，望着远处白雪般的一树树槐花，迎着五月的风，她又落下了两行清清的泪水。整整十二年，那么漫长的一段时光，那么一份悲苦寂寞的情怀，竟然，只是把一场前奏当成了爱的全部。

相思如河

▶ 文 / 朱慕尧

相思，是一条伤怀的河，日日夜夜，深深浅浅，在情人的心头蜿蜒……

她是个娇美的女子，青春焕发得，就如临水照花的新柳，轻轻一折，就溢出饱满的汁水来。只是眉宇间，常会雾一样地笼着清愁，让人看了，顿生怜惜。

是十三岁吧，父亲在百多里外的厂里上班，继母又是个刻薄的女子。那天，她躲在院子的墙角下，偷偷地抹眼泪，脏兮兮的，像一只冬日里瑟瑟缩缩的小老鼠。他来了，瘦瘦长长的，嘴唇上隐隐现着细细的绒毛，手上捧着满满一把的大白兔奶糖，她最爱吃的。

那个美丽的黄昏，他俩坐在墙根下，看着如画的夕阳。他指手划脚，

努力做出大丈夫样。她含着甜甜的大白兔奶糖，咯咯笑着又是蹦又是跳。完了，他说，继母对你不好，你去找你妈妈吧。她怯怯地说，我不认识路。我送你去，他边说边挺了挺胸膛。

第二天，他拿了家里两百块钱，给父母留了张纸条，就领着她踏上了北上的列车。

到达母亲所在的城市的时候，已是深夜，她冷得瑟瑟发抖。在候车室的大椅子上，他脱下自己的滑雪衫，披在她身上，又隔着厚厚的滑雪衫，小心地搂住了她。她的身体慢慢暖和了，心，也在那一刹那变得春水潺潺鸟语花香。她对自己说，长大了，我就嫁给你。

继父是个沉默而宽厚的汉子，在这里，她度过了一个愉快的童年。她给他写过许多信，都退了回来。她的思念愈是深了。大学毕业那年，她特意回到了过去的那座小城。看了看父亲，然后就大街小巷地寻起他来。搬走了，早搬走了，邻居们都说。她怅然若失神情落寞。

她的相思一日甚于一日，内心凄楚而神伤。许多人追求，她都淡然一笑就拒绝了。她说，她的爱情早已付出了，在十三岁的那一年。

她一直在寻他，她想，要是寻不到，就为他守一生吧。

然而，遇上他，竟是那样的轻易。她和朋友去喝咖啡。一转身，就看到了他。是他，虽然高大了不少，魁梧了不少，但是梦里千回百转的影像，她还是一眼就认出了他。他的身旁坐着一个温婉的女子，一个虎头虎脑的孩子，五六岁的样子。一家人边吃边笑，其乐融融。

看得出来，他是幸福的。而她，并没有心痛的感觉，或者只要他是幸福的，她便也是幸福的。她走过去，招呼他。他一愣，就认出了她。他爽朗地笑了："这是你嫂子，这就我常提起的那个邻家小妹。"她乖巧地叫哥叫嫂，心中涌起一种特亲近的感觉，仿佛亲骨肉一般，而那相思的苦，一瞬间失了踪影。孩子叫她阿姨，他认真地纠正："叫姑姑。"

他俩开心地说了许多，全是童年的趣事。分手时，他嚷嚷着："你要怎么谢我呀，你要请客，你要请客。"是她结的帐，心中温情一片。

这么一次偶遇，解了她心中多年的情结。逢年过节，打电话问候，他叫她妹子，她叫他哥。一年后，她幸福地把自己嫁了。

相思，是一条悠长而伤怀的河，但是不管这条河怎么蜿蜒有多漫长，终有一天，它会结束自己的行程，汇入茫茫大海，再无踪迹可寻。只余下一片碧海蓝天，和风涤荡，此生再无遗憾。

蝴蝶飞不过沧海

▶ 文 / 涂丽

> 爱情对于男人不过是身外之物，对于女人却是整个生命。
>
> ——乔·拜伦

这么多年了，小乔始终记得，那个春日的午后，暖暖的阳光似乎都透着青草的绿意。门前的山坡上，有大片大片的春风，在草木间浩荡。或是作业写得累了，小乔忽然地，想到山坡上走走。

小草还透着淡淡的鹅黄，树上刚抽的叶尖青绿可人。小乔的心情很好，不时踢踢路旁的土疙瘩。不经意中，就看见了林子里一个男子。细细的碎发，俊朗的面庞，修长的身躯坐在一块青石上，手中，握着一卷书。那春阳，溶溶地挥洒而下，映着这个人，也如青草般透着芬芳。

一切，是如此地完美，完美得近乎不真实。一刹那间，小乔的内心在轰鸣，有小鹿在心里跳动，一张小脸如桃花一样灿烂开来。

这是一个美好的时刻。一个在无数少女梦中演绎过无数次的完美邂逅，就这样发生了。

不知过了多久，那个男子抬起头来，看到小乔嘴角一弯，笑了。这一笑，就如一道迷人的春风，迎面而来，撞得人满胸满怀。小乔又惊又喜，不知所措得小脸通红。忽然，小乔一转身跑了，很使劲，跑得飞快。直到跑出了老远，那心，还怦怦直跳。

回过头来，看着山坡上那片青翠浓密的树林，心头还是一片温馨。

后来终于知道，这是邻村的一个男孩，叫松，在上高中，一个当地有名的高中。小乔的心中，有了一个美好的祈愿：我也要上那所高中。小乔对学习，原本是随遇而安的，如今异常地用功起来。看着小乔的变化，父母欢喜得不得了，逢人便夸咱家小乔懂事了。每每说起此事，小乔都静静不语，只有她自己知道，支撑她的是一个小小的秘密。

两年后，小乔终于来到这所高中，遗憾的是，松已去了北方一座著名的学府。在松生活过的这所校园里，小乔甜甜的微笑，静静的无语。有着那个年龄不应有的优雅宁静。

可是，小乔的梦在高三那年，彻底地破碎了。

还是一个暖暖的春日午后，书看得倦了，小乔闲闲散散地朝着门前的山坡行去。看到那片树林时，小乔不由地漾起了温馨的回忆，仿佛又看见了他，那细细的碎发，俊朗的面庞。忽然，小乔听到了一阵银铃般的笑声。行到跟前一看，一个美丽的女孩，倚在一棵柳树上，摆着 POSE 灿烂地笑着，那风衣，火红火红的，与柳条一起在春风中飘飞。一个修长的男子，表情愉悦地拿着相机。是他，竟然是松！那细细的碎发，俊朗的面庞，温暖如春风般的微笑……

一刹那间，小乔的泪涌了出来，一滴一滴滑过白皙的面庞，落入青草间，砸出空远广大的回声。就在这时，小乔才终于知道，心碎不仅是精神

上的苦痛，更是肉体上的折磨。那心，剧烈地疼痛起来。

如果说，红尘男女是一只只斑斓而翩翩的蝴蝶，那相思，就是一片烟波浩渺的大海。只要遇上了，无论如何飞翔，蝴蝶都飞不过沧海。

如今十多年过去了，小乔依然美丽，依然优雅而宁静，就如一株寂寞的莲，静默地守着一个人的湖碧天蓝。心中，她一直幽怨，对那个叫松的男子：你爱她也就罢了，为什么还要把她带回来呢，而且带到我的那片林子里去呢？你可知道，那林子，是我这一生中最怀念最温馨的地方。而你偏偏，要在那里，碎了我的梦……

青石桥畔乱世情

▶ 文 / 涂丽

> 爱情把我拽向这边，而理智却要把我拉向那边。
>
> ——奥维德

石头城、建康、金陵，这些古色古香的名字，注定了南京是一个有故事的城市。

老城西，曾有一座青石桥，叫江津桥。桥边有个小酒馆，他是这家酒馆的掌柜，素颜蓝衫，眼神清澈。酒馆真的很小，一个厨师，一个小二，生意好的时候，他这个掌柜就得兼做跑堂。

正是三月，桃花开了，他立在门前的桃树下，看桥下的粼粼流水。她来了，剪着那个年代特有的短发，身后，还跟着一个十五六岁的丫头。她早就注意到他了，一个小掌柜，乱世中，为什么有着那般沉静的气质。她料定，他不是凡人。

浅浅地沽了酒，热热地烧了菜。不早不晚的午后，除了她，小酒馆

里，再没有别的客人。她请他喝酒，他微笑致谢。第二天，她又来了，一个人，没带丫头。他亲自下了厨，一盘炒春笋，一碟银米虾，半壶酒，一袋花生米，轻易，就消磨了一个下午。

她，是银贵米庄的大小姐，读过书、留过洋。他呢，十四岁离开家乡，十多年的飘摇，才终于有了这家小酒馆。四目相对的刹那，他终于动了心，三十岁的客居岁月，也该有个归宿了。

他们去秦淮河、清凉山、中山陵、去老码头、古江宁、明故宫，他们度过了许多快乐而美好的日子。那是个传统而守礼的年代，最动情的时刻，他们也不过是盈盈相对，十指相扣。

她偶尔会去酒馆里帮忙打理，店里的那个小二，最是乖巧。见了她，总是笑嘻嘻的。问小二笑什么，小二也不回答，只是嘻嘻笑得更厉害了。笑着笑着，她便红霞满面。

他呢，总是很忙。她能理解，乱世谋生，总归不易。

一天深夜，她流着泪水跑来，要他带她走。她是订了婚的，家里催她结婚了。幽幽的月光照进简朴的酒馆，他也是一脸泪水。他是爱她的，看得比生命更重。与她相守于江湖，何尝不是他的心愿呢？可是，他不能走！正如她所料的，他不是普通人，他是共产党驻南京的特别联络员。这是他的岗位，他不能走。他忍着悲痛说，她是个好姑娘，就该找个好人家，而他，一个穷掌柜，是配不上她的。她是哭着走的，压抑的哭声在辽阔的夜色中传得很远很远。那夜，他在月光下站了一夜，任清凉的露水打湿了他的发丝、衣袖。

他常去看她，隔着高墙，可以看到墙内的桃花，那般的妖娆动人。他绕墙一周，再寂寂归去。她呢，坐在高楼上，常常遥望城西，隐约中，可以看到江津桥上古老的栏杆和小酒馆灰灰的屋脊……

半年后，日军攻进了南京城，他奉命撤退。临行前，他曾去找过她。她早已走了，只留下空空的偌大一个院落，他终于走了进去。四望空空，只有屋角的那株桃树仍在，枝叶浓密，却已寻不出半枝桃花了。

他去了上海，全国解放后，又去了北平，退休后，回到了祖籍安徽。他叫朱显贵，1997年，阖然长逝于庐江。他无儿无女终身未娶，如今，坟头上早已青青一片……

第五辑

Chapter Five

唯美阅读

Weimei
Yuedu

无字的留言

▶ 文／余飞鱼

> 友谊就好比一颗星星，而爱情只是一支蜡烛。蜡烛是要耗尽的，而星星却永远闪光。
>
> ——大仲马

那时，他很孤独，孤独如一只鹤。这，是他自我认为。可是，别人认为，他就是只草鸡。

别人，就是清洁队的人。

他，也是清洁队的一员。

大家扫完街后，就闲聊，就吹牛，就打牌挖坑看电视。只有他，一人一本书，读啊读的。有个叫狗子的就笑，道："怎么，想考状元招驸马啊？"其时，电视里正演着《女驸马》。大家听了，都大笑，嘎嘎嘎的，充满了讥笑。

他仍默默的，一言不发，照样读书。

当然，也写，不是时时写，是经常写。他有一个梦想，成为作家，著名作家。所以，他的稿纸，写了一摞又一摞。

大家嗑瓜子时，他在写。

大家去逛街时，他也在写。

除了扫街，他就看书，就写，时间一长，就成了游离于清洁队的一个怪物。

"这家伙，做梦呢。"一个说。

"不是做梦，是发神经。"另一个吸着烟道。

这时，狗子走进来，歪歪斜斜的，带一身酒气，望了他一会儿。他抬起头，看了那醉汉一眼，又忙着写起来，在心里，他有些发怵。上次，这家伙讽刺他，说他写的什么王八叉，他反驳了两句，以至于动了手，他根本不是对手，被打倒在地，嘴唇都打肿了。

事后，大家都说他不对，作家嘛，怎么能和醉汉一样？

领导也不满，翻着白眼道，一个扫街道的，写嘛？

他知道，在这儿，他是孤独的，是一根野草。所以，就得忍。

可是，对方并不因为他的忍而离开，一伸手，夺过那摞稿纸道："我看看。"拿到手里，并不看，呸呸吐两口唾沫，说什么狗屁文章，一把扔在空中，蝴蝶乱飞。

他斜着眼，轻轻咬咬牙。

大家又一次笑了，嘎嘎的。狗子也笑了，哈哈的。

这时，她走过来。一直以来，别人笑时，她都站在那儿，望着他，眼睛里，荡漾着一种欣赏，一种敬佩。

在大家的笑声中，她蹲下去，一张张拾起散落在地上的稿纸，看了一会儿，眼光一亮，道："写得真好。"

他心里一跳，第一次，感到一种温馨，一种力量，青草一样萌生。

"好什么？"狗子撇着嘴问。

"看了几句，就迷住了。"她轻声说。

狗子张张嘴，走了。她把稿纸拿着，走到他面前，双手递给他道："写的真好，写完了，能让我再读一遍吗？"

他抬起头，眼前是一张干净净的眉眼，纤尘不染。

他点点头，接过稿纸。

从此，每次写罢文章，她总会成为他的第一个读者。每次读罢，她总会微笑着赞叹，真好，太迷人了。她把吸引人不叫吸引人，叫迷人。

大家听了，又嘎嘎地笑，说清洁队里又出了个女状元。

他的文章，在她的赞美声中，终于获得了大奖。他，也因此被文联调去。

临走时，他拿出一本书，请她留言，说好一生收藏。

她握着笔，如握扫把一样，站在那儿，红了脸。恰在这时，会计经过，见了，笑道："她不识字呢，每次领钱，不会写名字，还是按的手印。"

一时，他呆住了，抬起头。

阳光下，她仍微笑着，眼睫毛上泛起一排阳光，亮亮的。他飞快找来印盒，打开，请她沾上印泥，工工整整地，在扉页上按下一个指印。

望着那红红的指印，泪眼模糊中，他仿佛嗅到了春天原野里盛开的山丹丹花香。

糖衣包裹住谁的生活

▶ 文／艾美丽

> 在一个地方不满意的人，在另一个地方也未必能快乐。
>
> ——挪威

国人好吃，大多是因为，饭桌上有另一种起伏人生。在其中，可以窥见一个人，于唇齿开合间，平日里刻意隐去的狡猾、精明、急躁、自私、或者虚荣。

一个熟识的男人，是个外科大夫，平日里在手术台上，严谨、果决。而且是单位里每年评出的优秀员工，有隐忍克制的个性，从不跟人争抢计较，口碑很好。但却不喜欢跟人一起吃饭，说是人多嘴杂，吃不安生。起初不解，后来因为要采访写他的先进事迹报道的原因，跟他一起吃过几次饭之后，便明白了他之所以逃避的个中不便明说的真相。

一次我们在一家餐馆吃麻辣鱼，周围人皆喊叫着爽，过瘾，以后一定常来。唯独他，一声不吭地吃完后，将所有鱼翅，有条不紊地排列在一

起。大家看他不苟言笑地对着一条拼接起来的鱼，以为他是职业习惯，要研究动物骨骼与人类的区别，也便不去打扰他，让他专心思考。不想片刻之后，他突然一拍桌子，对着前台便大喊：服务员！我要投诉！一桌子吃得酒足饭饱的家伙，看见他一脸的愤怒，不知出了何故。服务员也惊慌地走过来，以为他于菜中，吃出了苍蝇或者虫子，并做好了应对刁蛮者赖账的思想准备。

而他，却是像在手术台旁，一脸的镇定自若。他指着桌子上排好的一根根鱼骨，说，你们欺骗了顾客，这鱼少了斤两了，你们肯定是切掉了鱼的一部分，凑成了新的一盘，以此谋取利益。一桌子人皆哗然，不知他的判断来自何处。而他，轻轻指指面前的鱼刺，说，从我拼接起来的鱼的骨骼来看，这根本就不是一条完整的鱼的骨骼，你们显然从中间截取了一部分。

那次本应该是他请客，却因为这样一个意外的发现，而被好脾气的老板，免了一半的费用。走的时候去洗手间，听见一个服务员小声嘀咕，说：真该在门口写上，禁止这个外科医生入内，上次他更斤斤计较到让人恐惧，愣是将吃完的螃蟹摆成一只完整的壳，而后义正词严地指责我们说，每一只螃蟹都少了两根腿，非要我们少收他一半的费用不可。假若谁嫁了这个男人，怕是会被他分析到有没有被别的男人，动过一根汗毛吧。

后来辗转听人说及他的私人生活，也是这样在小处不肯放手。曾经因为妻子收到一条别人误发的暧昧短信，而一直寻根究底，连同那个误发短信的男人的上几辈绯闻，恨不能都调查得一清二楚。

这个执拗到不肯放过自己和他人的男人，让我想起另外一个相识的女人。每次聚餐，她都定是宴会上的主角，给人敬酒，讲可乐的段子，将每一个人都照顾得像是宾至如归。整场晚宴，大家的视线，将她紧紧地包围着，而她，也在这样热烈的视线里，如沐春风。而且，不放过任何一个炫耀自己的机会。似乎，这场晚宴，是为她一个人开的，我们，不过是洗耳恭听的观众。

都以为她定是活在幸福之中，所以才这样忍不住晾晒自己老公的成就，孩子的聪明，公婆的权势。也的确有很多女子，羡慕她完美的生活，恨不能，那个眉飞色舞、光芒四射的女主角，能够立刻换成自己。

后来无意中有一次，吃完饭后，我发现自己的包忘在了饭店。回身去取，在入口处，正碰到她与自己的老公打电话，语气里几乎带着哀求，说：求求你，回家待一天再走好不好？十几天都不见面，你真的这么义无反顾地，就可以放得下这个家和孩子吗？只要你回来，我不会计较你与那个女人的过去；你总不能，让我在同事朋友们面前，连最后的伪装，都撕破了吧……

她似乎还想说些什么，那边却是挂断了电话。穿着上万元貂皮大衣的她，不顾地面的尘灰，慢慢蹲下身去，无声地哭泣。风刮起来，将树叶与纸屑，纠缠着卷起，又哗一下落在她的身旁，弄脏了她贵重的大衣，还有精致的鞋子。

原来她在众人面前，精心修砌的童话般金碧辉煌的城堡，以为固若金汤，不过是一个转角处的窥视，便看到了破败不堪的内里。而她的虚荣，则是那层看似耀眼明亮的外壳，或者糖衣，一旦揭掉，便是喧哗中，不肯示人的伤痕。

而我们，究竟在饭桌上，于滔滔不绝的夸耀中，将一颗心，隐藏到多久，才肯安静下来，正视已经流血，或者冷寂的生活？

童心丢在飘雪的冬天

▶ 文／艾美丽

> 我记得，我记得，高高的枞树一片葱茏；我常想，它那细嫩的树梢紧挨着蓝蓝的天空；那是我童年的稚想。而我现在知道，天堂离我们比孩提时所想象得更远，这不免使我快快不乐。
>
> ——胡德《我记得，我记得》

总是不合时宜。

譬如在热闹的人群里，觉得孤单，想要去握住一个人的手，让他牵着我，奋力地冲出使我惧怕的人群的狂欢；譬如在响晴的太阳底下，打着伞，却突然希望那重重砸在伞上的，不是北方干燥的阳光，而是一场滂沱大雨；譬如我在川流不息的街道上，思绪却飘到久远的存放童年的乡村。

又譬如，在此刻了无雪花的冷寂天气里，我突然想念雪花漫天飞扬的某个冬日。

我已经许久没有回去过生活了20多年的乡村。每年冬天天气最寒冷的时候，我有时工作值班，无法买票回家，有时干脆将父母接到省城来住，在有暖气的高楼里，像冬眠的小兽，躲避一个漫长的冬天。

那时的我，总是站在窗前，透过灰蒙蒙的玻璃，看窗外车来车往的世界。我记得儿时，我也常常这样站在窗前。只是，那时的窗玻璃上，似乎永远都结着一层美丽的冰凌花。它们是洁白的、晶莹的，宛若童话里可以散射出迷人色彩的水晶。我有时会偷偷地打开窗户，在呼啸的寒风里，用冰凉的小手，将其中的一朵摘下来，而后放入口中。它们总是不等我细细品味，便在我的舌尖上，倏然化掉。但我却可以从这样瞬间的清冷味道里，品到雪花甜蜜的忧伤。

乡村的冬天，是寂静遥远的。附近小学的钟声，常常在这样清冷的季节里，传得很远。没有了夏日繁盛植物的阻碍，那一声声的撞击，听起来，像是自某个遥远的时代里穿梭而至。这声音祛除了一切的尘埃与杂质，纯净、淡然，如一个看透人世沧桑的老者。而我，就是日日踩着这样的钟声，从几十米远的家里，赶去上学。

如果下雪，我会盼望着学校停课，这样我就可以尽情地到校园里撒欢。我喜欢将一个又一个的雪团，砸到挂在树干上的那口钟上去，而后在它一声声的钝响里，享受雪团溅开去的快乐。我还会在某棵茂盛的冬青后面，堆一个只属于我自己的雪人，我用两粒煤石做雪人黑亮的眼睛，将从家里偷来的胡萝卜扮它的鼻子，又把我藏到袖子里的两只饺子做它的双耳，我还会摘下自己的红领巾系在它憨厚的脖子上，而后又给它斜挎上我藏满宝贝的书包。

我总是在有月亮的雪地上，完成我的雪人朋友。是的，我将它当成心灵的密友，所以我才肯将我的书包，送给它背。它总是如此地感动，并用

流淌的眼泪，将我的花布书包，浸湿，每每都是母亲，边训斥着我，边在火炉边，烘烤我的书包，还有书本。而我，常常就在她温柔的絮叨里，睡着了。当然还会有梦，梦里我与我的雪人，在飞旋的雪花中，在苍茫的大地上，快乐地起舞。但总是不等我停下来，它就被一缕冬日的阳光，带走了。我哭着跑着，要去找它，却被母亲，一把拦下，冲我河东狮吼：还睡懒觉，该上学去啦！

我的红领巾，就是这样，被一个又一个的雪人，给带走了颜色吧。等我将它收起，我童年的梦，也便结束了。那个可以迟到、可以旷课、可以浸湿书本的孩子，似乎只是一场梦醒，便走丢了她的雪人，还有纯美的童年。

而今我在城市的冬天，听到的不是孩子欢笑着堆砌雪人的呼喊，也不是阳光下雪人融化的哭泣，或者冰溜子从屋檐下折断的脆响，而是喧嚣的车马之声，或者人在拥挤的街头，连绵不绝的抱怨。我只好把自己关在暖气充足的屋子里，透过围了坚固栅栏的窗户，想象一下旷野中漫天飞舞的雪花。

后来有一天，我送小外甥去少年宫，途中突然飘起了雪花。他将鼻尖紧紧地贴在公交的车窗上，而后兴奋地朝我喊：姑姑，满天都是蝴蝶在飞呢！他的这一声喊叫，并没有在一车厢的人群里，引起多少的注意。许多人，照例低头发着短信，或者塞上耳机，听着摇滚，再或者在电话里，大声地朝着家人叫嚷。

而我，却是被小外甥漆亮的眼中，那一小片白色的飞旋不休的影子，一点点地，吸进了那漫漫飞舞的雪花之中。

那个冬日的午后，我被只有6岁的小外甥，从去少年宫学习的路上，强行拉下车去。我们在一个宽阔的广场上，起劲儿地喊叫着、追赶着，彼此用松软的雪球砸着。我的精致的名牌衣服，被飞来的雪球毫不留情地击打着，并发出啪啪的过瘾的叫声。而我的脖颈里，头发中，鞋子里，则被那些从容不惧地、消失掉的雪花，给吻湿了。我用温热的身体，感触着它们冰凉感伤的眼泪，突然间就明白，我从迈入城市的那天起，一点一点丢掉的，不是有雪花飞舞的冬天，不是一直怀念着我的乡村，而是一颗纯净美好的童心。

只是，与我一样在苍茫俗世中奔波的成人，需要走多久，才能找回那颗被我们漠然遗忘在雪天里的童心？会不会，当我们走到时光如雪一样，落满了头发，才突然间想起，其实很多时候，我们原本可以在坚硬的外壳之内，保有一份透明如冰凌花般的心境？

就像此刻，我丢掉所有需要应付打点的人情，如此不合时宜地，想起某个冬天里，那些精灵般飞扬的雪花。

天使说它最爱皮实的小孩

▶ 文/艾美丽

> 孩子们是热爱生活的，这就是他们最初的爱，遏止这种爱是不明智的。
>
> ——泰戈尔

一

他是我邻居家的小孩子，一张颇具喜剧性的脸上，长了双细长的眼睛，极可爱的蒜头鼻子，还有满嘴因吃糖太多而坏掉的牙齿。每次在门口见到我，他就高声喊：姐姐好！我笑着回他：小鱼弟弟好不好？他即刻双手叉了腰，将瘦瘦的脖颈一昂，骄傲嚷道：姐姐觉得还有谁比小鱼游得更快活的吗？我笑弯了腰，他也即刻将我手里的一个橘子嗖地抢去了，嘻嘻笑着跑远了。

我回家去讲给母亲听，说这个小鱼，从来就没见他忧愁过呢，也不知他整天哪来那么多快乐。母亲叹口气，说，这真是个没心没肺的小孩子，这样的家庭，是不该生出如此心思简单的孩子的啊；你看他多皮实多顽劣啊，不懂得羞涩不懂得面子，甚至，有时候你就觉得这孩子沾满了烟火气，却又与谁都不相干的样子。我知道母亲的意思，是说他有一个酒鬼爸爸和智障的妈妈，他应该从心底到神情，都写满了仇恨和敌意的吧？即便是别人给他的好意，也会冷硬地被退回来；当然，是狠狠打碎了之后的。谁会像小鱼这样，没等你开口，就跑来讨要；给了一份，又嬉笑着贪恋第二份。若是不给，那好，我来抢啦！脸皮厚得让你忍不住喜欢他，纵容他、宠他，明知道他耍无赖，还是呵呵笑着任他去疯。

真的是再也找不到第二个，像小鱼这样跟生活讨价还价，且游刃有余地穿梭其中，欢快无比的小孩子。他四岁的时候，看到有人逗弄他的傻妈妈，说如果帮着洗衣服，就留她吃一顿丰盛的午餐。他的妈妈果然信以为真，很卖命地洗大堆的衣服，正是冬天，水刺骨地凉，妈妈喜滋滋地干着，小鱼也在一旁，跑来跑去地瞎忙活着。外人都说，看，妈妈傻，果真生下来的孩子也傻呢！都以为小鱼听不明白，但没有人知道，在小鱼替妈妈讨要来那一顿饭食的报酬之后，打着饱嗝，在还未来得及晾晒的衣服上，哗就是一泡味道浓郁的尿。等到衣服的主人发现，他早拽着妈妈溜得没有了踪影。

二

小鱼长到7岁的时候，做爸爸的，依然是赌博喝酒四处惹事，几乎想不起，自己还有个该入学的儿子。那时弟弟也开始读书，每日背着崭新的书包，从小鱼家门口走过，总会得意地哼起老师新教的歌曲。我听出他歌声里满是炫耀，全然忘记了因为试卷上满满的叉号，怎样被妈妈痛打一

顿。我便因此教训弟弟，有一点同情心好不好？别当着人家小鱼的面，那么嘹亮地歌唱。弟弟当然不听，甚至还拿了书本，坐在门口可以让小鱼看见的石凳下，大声念刚刚学会的字词。

都以为小鱼这次真的能体会到失落的滋味，没曾想，几天后，他竟和弟弟一样，开始早出晚归地读书。我很诧异，问起母亲，才知道，是小鱼自己跑到学校里去，见到老师便求，说，老师你也让我读书吧，我也会唱歌写字呢，不信我可以表演给你看哦。说完了不等老师开口，就自己先又蹦又跳地唱起来，直到校长恰好经过，看他在地上写下的字，竟是如此漂亮，就心一软，收下了这个未交学费的孩子。

没有人买书包给他，他便来求母亲，说，阿姨，给小鱼做一个花书包好不好，小鱼最喜欢阿姨了，昨天做梦还梦见阿姨了呢。母亲温柔笑着点点他的脑门，说，小破孩儿，开裆裤才刚刚脱下，就学会拍马屁了啊。小鱼立刻正襟危坐道，阿姨，不是马屁，是鱼屁呢。话刚说完，他果然给出一个响亮的屁来，直把母亲逗得气都喘不过来。

终究是疼爱这个从小就来蹭饭吃的孩子，母亲依然时不时地将弟弟穿旧了的衣服，拿给小鱼去穿。他从来都不知道嫌弃，事实上，这个词汇，根本就没有来找过他；或者，曾经有过，却被他像个石子一样，漫不经心地一脚踢到水沟里去了？小鱼总是在母亲又送东西给他的时候，高声嚷一句：阿姨万岁！也不管一旁醉醺醺的爸爸，怎样对他吆三喝四、粗言粗语；那一刻的他，只关注母亲带来的温情和慈爱，甚至，连让母亲走，都有些不舍得了。

三

小鱼一路欠了多少学费，谁也算不清，也没有人想去算。因为，谁会跟一个在贫穷里依然皮实前行的小孩子计较呢？他的书，都是老师们借来的；他的笔记本，也是别人丢掉了，他捡起来拿反面来用；他的衣服，永远都是旧的，有母亲送给他的新的，他不舍得穿，等再拿出来，才发现，已经小了。是的，这个被父母忘记的小孩子，长得太快了，只是几年，他已经比我还要高，依然瘦瘦的，但却是像路边一株风吹来便落地生根的小草，昂头笑看着蓝天，黑白分明的眸子里，是突然拥有了卑微生命后的狡黠和欣喜。

我那时读了大学，不常会看到他。只在假期里，看见他在大街小巷里疯跑，有时跟着一群衣着光鲜的小男生，有时则自己成了孩子王，风一样带领着这疯狂的一群，经过我的身边。常常喜欢开玩笑，跑出去老远了，才猛然回头，挤眉弄眼地得意叫道：姐姐别怪我没看见你哦，我公务繁忙呢！我片刻前心底升起的失落，在这句话里，瞬间烟消云散。只白了他一眼，告诉他，我才不跟小孩子一般见识呢。

那时他的爸爸依然不成器，跟着别人出去做建筑工人，但并混不到钱，甚至常常连回家的路费都得借。他只是个勉强能养活自己的男人，至于那个智障的妻子，还有野草一样可以四处发芽的小鱼，则似乎丝毫与他没有任何的关系。每次要交学费的时候，小鱼都会被老师撵回家来要钱。小鱼从没有忧伤过，他背了书包，在家里安心温习功课。几天后照例对老师耍赖皮，说真的没有钱啊，老师你就让我先学习吧。没有人见过这样的贫困生，对自己处境的黯淡如此一脸的满不在乎，好像是在说与自己无关的什么事情。直到学校里真的派人来调查，看见他的妈妈连一碗粥都煮不熟，邻居们知道小鱼带了老师来，怕他不会照顾，纷纷送来饭菜。母亲干脆说，你们到我家来吧，小鱼一向都是把我当亲妈一样爱的。这样的一幕，终于让学校里，减免了小鱼所有的费用。这个顽皮的小鱼，为此专门跑来，对母亲说，阿姨，小鱼现在也讨学校喜欢了呢。

但依然有傲慢的学生，惹是生非，站在他的家门口，看他的傻妈妈，在人面前出丑。小鱼依然不恼，很大方地招呼他们，说，既然来了，就进屋来坐吧，不过是要坐冷板凳的哦。那一群原本来看热闹的人，突然觉得可笑的，反而成了自己。此后这些人，便成了小鱼的朋友，他们宁肯被爹妈责骂，也要偷钱买自己喜欢的零食给小鱼吃。尽管小鱼从不介意吃食堂里别人的剩饭，但他的朋友们不愿意，他们说，谁让小鱼成了我们大家的小鱼呢。

这一年，小鱼14岁。他不仅让小镇上的人都怜爱无比，亦让那些想要嘲弄他的人，心软、继而心疼。

四

一年后，小鱼考入最好的高中。开学的前一天，他找母亲借了自行车，说要载妈妈去学校"旅游"。他很认真地给妈妈梳了头，换上干净清爽的衣服。他的妈妈，从来没有出过小镇，所以对于此次出行，小孩子似的惧怕。又一遍遍地说，别人会笑话的。小鱼一向是对妈妈温柔，这次却佯装生气似的"训"她，说，谁没有爹妈呢，等小鱼以后挣钱了，年年都会带你去游山玩水！这个开始变声的男孩，在片刻的憧憬里，眉宇间，竟是有了些许男人的味道了。

那时的我，大学毕业，在小鱼所在的中学里做了老师，而且，恰恰每天在小鱼的邻班上课。又可以像几年前那样，天天听到这个微笑飞扬的孩子，隔了很远呢，就一声声地喊我"姐姐"。老师们皆说，这真是个奇怪的孩子，可以跟班里每一个同学都打闹成一片，可以将学习那么轻松地就搞定，可以对自己的贫寒，视而不见；甚至，还对那些迎面而来的讽刺啊可怜啊嘲弄啊，一一微笑接过，且说谢谢。这样的议论，每每听到了，我都会眯眼笑，想，有什么可奇怪的呢？小鱼是天使送来的皮实的小孩啊，他沾满了凡间烟尘的气息，但又将天使赐予的单纯无忧，绽放给每一个喜欢他的人；让他们与自己一样，祛除一切晦暗的尘埃，只留那明亮的爱在心底。

吃百家饭穿百家衣一日日成长的小鱼，已经是一个帅气的男生。他走在路上，衣着破旧，但眉眼里一抹去不掉的温暖，还是吸引了许多的女孩子。他们知道这个每学期都拿奖学金的男生，尽管出身卑微，但却比全校所有的男生，都要勇敢、坚韧、幽默，且可以让人安心依靠。我们的小鱼，也会在她们写来的情书里，有片刻的虚荣；但随后，他便将这些信细心地收藏起来，继续做那个嬉笑打闹的顽皮男生。

有一天，我在路上碰到小鱼，突然地就想像儿时那样，揉揉他乱蓬蓬的头发。当然已经是够不着，他已经1米8，完全地长成一个大男生了。但这个可爱的小鱼，却将头低下来，笑道，姐姐是不是又想敲我脑袋了啊。我笑得肚子疼，没有接他的话，却说，小鱼，告诉姐姐，你是不是真的跟天使见过面啊？小鱼很严肃地收起了笑容，道，当然啦，它还不止一次地告诉我，只有皮实快乐的孩子，它才肯爱呢。

这一年，小鱼读大一。但依然坚定不移地相信着天使。那个他在残酷生活里想象出来，却是奇迹般地温暖了自己18年的天使。

背 叛

▶ 文／曾玉荣

> 言必诚信，行必忠正。
>
> ——孔子

将军派人下山去找粮食。多少天了，我们断了五谷，只有吃皮带，吃草根。总之，能吃的东西我们都吃了，除了石头和树木外。将军挠着后脑勺说，不行，得弄点粮食，不然的话，咋打仗？

王老蔫一听，扶着树干站起来，自告奋勇道，我去。

将军打量了一下他，问道，你去？

王老蔫点点头，告诉我们，他熟悉路，就像熟悉自己的手指。

我对将军眨了下眼，背过王老蔫，悄悄告诉将军，这小子又胆小又怕吃苦，什么时候这么勇敢过？不可信。将军瞪大眼睛问，啥意思？

我叹口气说，打败之后，本来就有些人心不稳。

我绝不是危言耸听，最近一段时间，在敌人的穷追不舍和大雪封山的情况下，有一些软骨头的战士，受不了苦，带着枪悄悄下山，投靠敌人，给我们带来了极大的危害。因此，我不得不小心，不得不提醒将军，尤其对于王老蔫这样的人，不可不防。

可是，将军最终没有接受我这个参谋长的建议，还是派出了王老蔫。现在，打垮后跟在将军身边的人也就十几个了，他们都是外地人，对于当地情况很生疏。也只有王老蔫是这儿的人，路熟。

王老蔫接受任务，敬了个礼，走了。

按照约定，第二天早晨王老蔫得赶到这儿。可是，天亮了，太阳照亮了雪地，仍不见王老蔫回来。我很是担心，告诉将军，得赶快转移，我怀疑王老蔫这家伙出了问题。

我分析，这小子路熟，不会出别的事，如果要出事，也一定是投敌。

将军摇着头说，再等一下。

将军自言自语，这个王老蔫，是不是让什么事给耽搁了？

这一等，我们就等来了日军，一队黄乎乎的小鬼子，拿着枪向这边走来。当头一人，正是王老蔫。将军骂一声，软蛋，果然带着小鬼子来了。说完，暗令十几个人赶快趴下，藏身雪里，做好战斗准备。

我们趴在那儿，一动不动。

王老蔫渐走渐近，能看清他脸上的笑容了。这小子，很得意。

后边，跟着日军的小队长。

走到这儿，他站住了，一笑，告诉日军小队长，这儿是我们的一个窝点，不过，昨天将军和自己商定了，让自己运粮，不必来到这儿，直接送到虎头岭，天一亮他们就去取。说到这儿，他一笑道，自己不想干了，因此，跑到门头沟，遇见太君，就投奔过来了。

因此，他断定，将军现在在虎头岭。

日军小队长听了，一扬指挥刀，前进！

一队日军跟着王老蔫，吭哧吭哧地踏着深雪，继续向前走去，一步步上了虎头岭。

不久，虎头岭上，传来王老蔫的喊声，小鬼子，去死吧。随着是一声手榴弹轰隆隆的爆炸声，然后一切都没有了，四野静悄悄的。我们爬起来，望着虎头岭，一个个眼中涌出了泪水。

将军用手擦一把泪说，走，去门头沟。

在门头沟，我们在一处山洞里最终找到了一袋粮食，渡过了难关。

多年后，我已两鬓斑白，再次回到这儿，打听起王老蔫当年被捕的经过。当地人告诉我，说有人亲眼见到，王老蔫当时不是被捕的，确实是自己走出来自愿给日军带路的。当时，他扛着粮刚走到门头沟，发现一队日军悄悄向我们驻地方向摸去。他一惊，忙藏好粮，拍打着衣服走出来告诉日军，自己是抗联，刚刚从将军那儿逃出来的。

他说，他知道将军在哪儿，愿意带路立功。

于是，他带着日军径直走向虎头岭，走向自己生命的终点。

他和我同年，如果活到现在，也已经九十多岁了。

品茶高手

▶ 文／曾玉荣

老王回到家，刚坐下，老婆就递上一杯茶，问："咋样了？"

老王明知故问："什么咋样了？"

老婆说："哪事？我们商量的事啊，你没问？"

老王皱皱眉，鼻子里哼了一声，想，女人真是的，头发长见识短，几天工夫，泡茶还得有个过程呢，何况品茶论道，更何况交友。就懒懒地说："没样子，以后再说吧。"说完，就睡了。第二天一早，早早起来，直奔"清风居"。

"清风居"在小城河边，门前几棵粗柳一抱，阴浓一片，绿意如水。坐在茶馆里，绿意透过帘子，沁人眉眼，让人俗气顿失。

看上这个雅致的地方后，老王打电话，给老林，相约来"清风居"。

"一定要来啊，饮茶得雅境啊。"老王说，笑意如春。

电话里，老林含蓄一笑。那笑，仿佛泛着茶韵，恬淡而不带人间烟火味。

"茶中圣人，自是雍容高雅！"老王曾当面夸。老林微微一笑，摇头，很谦和。

从此，两人成了"清风居"的常客。来了，独占一桌，一人一杯，品茶，谈茶道，忘了地位，忘了烦恼，用老林的话说："浮生又得半日闲。"

老林品茶，品韵味。

老林说，饮茶，最好是一般茶叶，不必名茶：名茶如明星，做作，装饰味浓。一般嫩茶如小家碧玉，本色天然。

老王频频点头，很是赞同。

老林又转转手中茶杯，饮茶不必重器，得茶中三味者，何器皿不能品茶？品茶，品的是心境，是闲适。重茶具，则舍本逐末矣。

老王叹服，指自己，又指老林，轻声道："天下饮者，唯使君与操耳。其余茶客，俗人耳。"

言罢，两人举杯一笑，清风满面，遍体舒展。

喝罢，两人道痛快，约定下次品茶的日子，抱拳分手。

一日，老王按约定走进"清风居"，老林已端坐桌旁，一笑，示座。

老王歉意微笑："让林兄久等。今天，我们喝自产茶。我亲自泡，算迟到受罚。"

老林听了，眉眼放光，道："岂敢谈罚？能品王兄泡的茶，真乃三生有幸。"

老王洗了手，拿出一盒，打开，有壶有杯有茶，笑笑，将茶递到老林面前，得意道："林兄看看我自制的'对镜贴花黄'如何？"

老林小心接了，打开：叶小如米，形弯如眉，色绿如黛，中间零星地散着几瓣黄花。嗅嗅，一缕清雅之气袭入鼻端，让人眼目一清，道："好个'对镜贴花黄'！此花大有文章，不是山菊，山菊无此清雅？"

老林侧脸，微笑，带着询问的意味。

"也非迎春，迎春无此闲散态，是——是蒲公英蒸煎揉搓的。"老林道，抬眼，看到老王高高翘起的拇指。

老林赞佩："王兄真乃山林中人，采蒲公英制茶，高雅不让陶渊明了。"

老王摇头，由衷道："哪里哪里，怎和林兄相比？当世，能辨此茶的，可说没有。有，自今日始，自林兄始。陆羽之后，兄算第一人。"边说，边洗壶，冲杯、泡茶、斟茶。然后举杯相请。老林拿杯，轻呷一口，唇内一转，道："色清而雅，味香而幽，是——是——"

老王接口："纯粹的小家碧玉。"

两人又笑，笑毕，老王正色道："有一事想求林兄，可林兄雅士，又怕脏了尊耳，一直不好开口。"

老林放杯："但说无妨。"

"犬子毕业在家，无事可干，兄为一局之长，不知能否给犬子指条门道？"

老林皱眉，无言，拿起杯，喝着茶，过一会儿，站起来歉意一笑道："叨扰王兄好茶，余香满口，谢谢了。"说完，弯腰、离开，到了门口，拍拍老王的肩，笑道："旱有旱路，水有水路，没规矩难成方圆啊。"说完，一抱拳走了。

老王站在那儿，呆呆的。

晚上回家，百思不得其解，正烦坐，有人敲门，打开，是一茶器制造厂老板，提一套高级茶具，来拜请老王办事。老王笑着接过，客气说："来就来吧，怎么还那样？"

老板微笑，弯腰："旱有旱路，水有水路，一点东西略表心意。"一句话，让老王醍醐灌顶。第二天，再到"清风居"，提着那套几万元的茶具。

几天后，老王儿子有了工作。

猎鹿绝技

▶ 文 / 曾玉荣

人难与天斗。

——谚语

　　他是这一带有名的猎手。他擅长猎鹿，每年，猎的鹿堆成小山。钱，也就大把大把流进腰包，成了富甲一方的人。

　　可钱多不咬手，猎枪，他一直没放下。

　　他猎鹿有绝技，一年，他上山打猎，看见草地上，一只母鹿安详地迈着步，旁边，是一只小鹿，蹦蹦跳跳，十分顽皮。突然，母鹿竖起了耳朵，鸣叫了一声。他的枪响了，母鹿跳了跳，倒在地上。他跑出去，扛起母鹿。那只小鹿并不跑，而是跟在他的身后，一路哀鸣着，进了家。

　　他想，还是把这个小家伙养着吧，长大了，还能卖一笔钱。

　　这只小鹿在他的喂养下，渐渐长大了，皮毛光滑油亮，一双蓝蓝的大眼睛，望着蓝天，常常长声鸣叫，如一个含情的少女。

一天早晨，他一大早起来，听到鹿圈里有动静，忙披衣去看，兴奋地瞪大了眼睛：鹿圈里，竟多出了两只鹿，体肥身大，毛皮发亮。

他忙关下鹿圈门，活捉了两个家伙。

活鹿，在市场上价钱更高。

第二天，一大早，他又听到鹿圈有动静，忙跑去一看，又进来了一只膘肥体壮的鹿。他又抓住了这只家伙，卖了一笔钱。

原来，他喂养的是一只母鹿。

但是，随着时间的流逝，公鹿越来越少，最后，再也没有自投罗网的公鹿了。

等不来自投罗网的鹿后，他带着猎枪，还有这只鹿，进了更远的山林。他用长绳把鹿系绑着，自己埋伏在旁边丛林中，举枪瞄准着。随着母鹿的叫声，一个矫健的身影闪出来，是一只公鹿。

"砰"的一声枪响，公鹿倒了下去。

猎人很高兴，跑出去，扛回了公鹿，藏在林中，然后又等着下一个。

每一次，母鹿对着眼前的死鹿，都会长长地哀鸣，圆圆的泪珠从眼眶中滚出，一滴一滴落在草上。

渐渐的，这头鹿病了，不吃也不喝起来。

"看来，这家伙是熬不过今春了。"猎人想，还想发挥它的余热，每天强拖着它，走向山林深处。鹿再不叫了，耷拉着脑袋，可仍有公鹿嗅着气味赶来。

猎人的枪，一次次响起。

公鹿的尸体，一个个倒下。

母鹿不叫，但眼中是绝望的神色，滚出的，已经不是泪，而是一朵朵血花。

当夕阳西下时，猎人又带着自己的收获，和母鹿，向家里走去。母鹿突然停止了脚步，长长地哀鸣了一声，然后又是一声，在夕阳下长长地扩散。

猎人一喜，心想，一定是母鹿发现公鹿了。

母鹿侧耳倾听了一会儿，猛地一侧头，撞在一个尖利的石头上，头上顿时鲜血直涌，然后撒开四蹄，向丛林里奔去。一路，鲜血弥散。

猎人忙摘下背上的枪，跟了过去。

在丛林的深处，母鹿站住了，伸长脖子，一声声长鸣。

猎人拿着猎枪，躲在山石后，瞄准着。

随着鹿的鸣叫，也可能是鹿血的吸引，一个身影闪出来，让猎人目瞪口呆的是，来的不是鹿，是一只斑斓大虎。

猎人慌忙举起枪。

那只母鹿抬起头，向猎人望去，这一会儿，眼睛里，再也不是绝望的光，而是一汪汪清蓝。

猎人的枪响了，射向老虎。可是，那只鹿突然一跃，这致命的一弹，没有射在老虎身上，而是射在了母鹿的身上，它长鸣一声，倒了下去。

猎人的第二枪还没响起，就已经被猛虎扑倒。死前，他终于明白，不但人会设圈套，鹿也会设圈套。

乡下人的孤独感

▶ 文 / 王萍

纯洁的良心比任何东西都可贵。

——美国谚语

　　我总觉得，一个人发呆的时候，有这样或那样的表情与细节。比如啃食指甲，比如蹙眉，比如微微将唇开启，又比如，手指缠绕发稍，那么，一定是在年少的时候，曾经被某一本书，给温柔地浸润过。就像，许多年以前，我还青涩，在没有暖气的乡下房子里，站在封闭不好的窗前，将冰凉的手拢在同样冰凉的棉袄里，读《百年孤独》，这样的一个姿势，在我成年以后的许多个寒冷的冬天，都顽固地保存下来。

　　其实我已经忘记了《百年孤独》里的许多情节，那是一本过于繁复庞大的书，整个家族的命运，犹如人漫长的一生。我站在河的这岸，无论如何地努力，都看不到对岸的河水，有怎样动荡曲折的终结。我只记住了那弥漫其中的神秘幽暗的气息，带着诡异的花火，将我不知如何从乡下打拼

到城市去的路途照亮。生命如此漫长无边，乡下又那样晦暗孤独，不，我要走出去，一直一直走，将藏匿在某个黑暗角落里的命运咒语，远远地甩开去。

几年后通过读书，我终于走出了那个在地图上连名字都不存在的村庄，开始学会融入城市光鲜耀眼的生活。我喝咖啡而不是茶水，我吃面包而不是馒头，我乘坐出租车而不是骑车，我用电脑而抛弃了纸笔，我将自己在文字里渲染得华丽无比，并因这样的渲染，而觉得轻飘，自由，且志得意满。

后来的某一天，我站在大风呼啸的城市街头，拼命地拦一辆辆出租车，却绝望地发现，在下班的高峰期里，这是一件多么愚蠢的事。我终于不再朝飞驰而过的出租车挥手，转而靠在一个背风的小店旁边，看着拥挤的人群，发呆。不知这样过了有多久，听到旁边有人嬉笑，我才茫然地扭头，然后，看到了隔壁店铺的玻璃橱窗里，自己拢着袖口，犹如一个乡下粗糙姑娘的容颜。

我就这样被《百年孤独》里时光的"飞毯"载着，回到我已离去多年的乡村，并看到了那个在亲戚穿梭来往的房间内，不断地跺着冻僵了的双脚，读书的女孩。我看到她袖口上发亮的污渍，看到她冻得红肿的脸颊，看到书上她啃食的馒头碎屑，看到她用绿头绳随意扎起的辫子，看到她的母亲，因为姐姐婚事的潦草，而与父亲，当众激烈的争吵。

我就在那样的一刻，原谅了时光烙在自己身上的种种难堪的疤痕。就像，原谅那本书里，所有不肯互相宽容的人类。还有，跨越一生的无力逃脱的孤独。